느림

느림

밀란 쿤데라 전집

Milan Kundera   08 La lenteur

김병욱 옮김

차례   느림   7

성에서 하룻저녁 하룻밤을 묵고 싶은 욕구가 우리를 사로잡았다. 많은 성들이 프랑스에서는 호텔이 되었다. 푸르름 없는 추함의 광막함 속 한 조각 사각의 푸르름, 광대한 도로망 속 한 조각 오솔길, 나무들, 새들. 나는 자동차를 몰고 있고, 백미러를 통해 내 뒤의 자동차를 관찰한다. 왼쪽의 작은 등이 깜박거리며 자동차 전체가 조바심의 전파를 보내고 있다. 저 운전자는 나를 추월할 기회를 엿보고 있다. 맹금이 참새를 노리듯이 그 순간을 노리고 있다.

아내, 베라가 내게 말한다. "오십 분마다 한 사람씩 프랑스 도로 위에서 죽어. 저 사람들 좀 봐, 주위에서 차를 굴리고 있는 저 미친 사람들. 저들은 거리에서 어떤 할머니가 털리는 걸 보면 지극히 몸을 사리는 바로 그들이야. 한데 어째서 운전석에 앉으면 두려움을 모르게 되는 거지?"

뭐라 대답할 수 있을까? 아마도 이렇게. 오토바이 위에 몸을 구부리고 있는 사람은 오직 제 현재 순간에만 집중할 수 있을 뿐이다. 그는 과거나 미래로부터 단절된 한 조각 시간에 매달린다. 그는 시간의 연속에서 빠져나와 있다. 그는 시간의 바깥에 있다. 달리 말해서 그는 엑스터시 상태에 있다. 그런 상태에서는 자신의 나이, 자신의 아내, 자신의 아이들, 자신의 근심거리 따윌 전혀 알지 못하며, 따라서 그는 두려울 게 없다. 두려움의 원천은 미래에 있고, 미래로부터 해방된 자는 아무것도 겁날 게 없는 까닭이다.

속도는 기술 혁명이 인간에게 선사한 엑스터시의 형태다. 오토바이 운전자와는 달리, 뛰어가는 사람은 언제나 자신의 육체 속에 있으며, 끊임없이 자신의 물집들, 가쁜 호흡을 생각할 수밖에 없다. 뛰고 있을 때 그는 자신의 체중, 자신의 나이를 느끼며, 그 어느 때보다도 더 자신과 자기 인생의 시간을 의식한다. 인간이 기계에 속도의 능력을 위임하자 모든 게 변한다. 이때부터 그의 고유한 육체는 관심 밖에 있게 되고 그는 비신체적 비물질적 속도, 순수한 속도, 속도 그 자체, 속도 엑스터시에 몰입한다.

기묘한 결합 — 기술의 싸늘한 몰개인성과 엑스터시의 불꽃. 삼십 년 전, 에로티시즘의 공산당 고위 간부인 양, 엄정하고 열정적인 체하며, 내게 성의 해방에 관해 일장 설교(싸늘할 만큼 이론적인)를 늘어놓던 그 미국 여인이 생각난다. 그녀의 이야기에서 가장 자주 되풀이되던 말이 오르가슴이었다. 헤아려 보니 마흔세 번. 오르가슴 숭배, 성생활에 투영된 엄격한 실리주의. 한가로움을 적대하는 효율성. 여기서 성교는, 사랑과 우주의 유일한 참 목표, 즉 엑스터시의 폭발에 이르기 위해 가능한 한 빨리 뛰어넘어야 할 하나의 장애로 졸아들고 만다.

어찌하여 느림의 즐거움은 사라져 버렸는가? 아, 어디에 있는가, 옛날의 그 한량들은? 민요들 속의 그 게으른 주인공들, 이 방앗간 저 방앗간을 어슬렁거리며 총총한 별 아래 잠자던 그 방랑객들은? 시골길, 초원, 숲속 빈터, 자연과 더불어 사라져 버렸는가? 한 체코 격언은 그들의 그 고요한 한가로움을 하나의 은유로 이렇게 정의한다. 그들은 신의 창(窓)들을 관조하고 있다고. 신의 창들을 관조하는 자는 따분하지 않다, 그는 행복하다. 우리 세계에서 이 한가로움은 빈둥거림으로 변질되었는데, 이는 성격이 전혀 다르다. 빈둥거리는 자는 낙심한 자요, 따분해하며, 자기에게 결여된 움직임을 끊임없이 찾는 사람이다.

나는 백미러를 바라본다, 맞은편에서 오는 차들 때문에 나를 추월하지 못하는 예의 그 자동차. 운전자 옆에 한 여인이 앉아 있다. 어째서 저 사내는 그녀에게 뭔가 재미있는 얘기를 해 주지 않는 것일까? 어째서 그는 손바닥을 그녀의 무릎 위에 놓지 않는 것일까? 그러기는커녕 그는, 차를 충분히 빨리 몰지 않는 앞 차의 운전자를 저주하고 있고, 그 여인 역시 손으로 옆의 운전자를 어루만져 줄 생각은 없이, 마음속으로 그와 함께 차를 몰며 나를 저주하고 있다.

한편 나는 파리에서 어느 시골 성을 향한 또 다른 여행, 지금으로부터 이백 년도 더 전에 있었던, T 부인과 한 젊은 기사

의 그 여행을 생각한다. 그들이 서로 그토록 가까이 있게 된
건 이번이 처음이요, 그들을 감싸는 뭐라 말할 수 없는 관능적
분위기가 바로 리듬의 느림에서 생겨난다. 마차의 움직임에
흔들려 두 육체가 처음에는 그들 몰래 접촉하다가 곧 그들이
알게 접촉하며, 그리하여 이야기가 엮인다.

2

비방 드농의 단편소설이 전하는 이야기는 이렇다. 스무 살인 한 귀족이 어느 날 저녁 극장에 있다.(이름도 작위도 언급되지 않았으나 나는 그를 기사로 상상한다.) 그는 옆자리의 웬 부인을 본다.(소설은 그녀의 이름 첫 글자만 알려 준다. T 부인.) 이 부인은 그 기사를 정부로 둔 백작 부인의 여자 친구다. 그녀는 그에게 공연이 끝난 뒤 자기를 바래다 달라고 요청한다. 그 결연한 행위에 놀라고, T 부인의 애인이 어느 후작(우리는 끝까지 그의 이름을 모른다. 우리는 이름들이 없는 곳, 비밀 세계에 들어와 있다.) 임을 알기에 더욱 어리둥절해져, 기사는 도무지 영문도 모르고, 마차 속 그 아름다운 부인 곁에 있다. 감미롭고 쾌적한 여행이 끝나고 마차가 시골, 어느 성의 현관 앞 층계 아래에 멈추는데, T 부인의 남편이 뚱하니 그들을 맞이한다. 그들 셋은 말 없고 침울한 분위기에서 함께 식사를 하고, 곧 남편은 양해를 구하고는 둘만 남기고 자리를 뜬다.

이때부터 그들의 밤이 시작된다. 3막극으로 구성된 하룻밤, 세 단계 노정과 같은 하룻밤. 먼저 그들은 정원을 산책한다. 그다음 정자에서 정사를 나눈다. 마지막으로 성의 한 밀실에서 사랑을 계속한다.

이른 새벽, 그들은 헤어진다. 복도들의 미로 속에서 자기 방을 찾지 못하자 기사는 정원으로 되돌아가는데, 놀랍게도 거기서 그는 후작, T 부인의 정부로 알고 있는 그 후작과 마주친다. 이제 막 성에 당도한 후작이 유쾌하게 인사를 건네며 이 신비스러운 초대의 이유를 그에게 알려 준다. T 부인은 그, 즉 후작이 남편에게 의심 받지 않도록 어떤 방패막이가 필요했다는 것. 이 속임수가 성공한 것을 기뻐하며, 그는 가짜 정부라는 매우 우스꽝스러운 임무를 수행해야만 했던 기사를 조롱한다. 그 기사, 사랑의 하룻밤에 지친 그는, 후작이 감사의 뜻으로 제공한 마차를 타고 파리로 다시 떠난다.

『내일은 없다』라는 제목의 이 소설은 1777년에 처음 간행되었다. 저자의 이름은 수수께끼 같은 여섯 대문자, M. D. G. O. D. R.로 대체되었는데,(우리가 비밀 세계 속에 있는 까닭에) 원한다면 이를 이렇게 읽을 수 있을 것이다. 'M. Denon, Gentilhomme Ordinaire du Roi(왕의 시종, 드농 씨)' 그 후, 보잘 것없는 발행 부수로, 그리고 완전히 익명으로 이 책은 1779년에 재출간되었으며, 이듬해 다른 작가의 이름으로 다시 나타난다. 새로운 판들이, 여전히 저자의 진짜 이름 없이, 1802년과 1812년에 또 생겨났으며, 마침내 반세기나 지속된 망각 끝에

1866년 또다시 나타났다. 이때부터 이 단편은 비방 드농의 소설임이 인정되었고, 우리 세기를 거치면서 변함없이 점증하는 영예를 누려 왔다. 오늘날 이 소설은 18세기의 정신과 예술을 가장 잘 드러낸 문학 작품 가운데 하나로 꼽힌다.

3

　일상 언어에서 쾌락주의라는 개념은 향락적이거나, 악한 삶을 위한 비도덕적 경향성을 가리킨다. 물론 그것은 부정확하다. 에피쿠로스, 이 최초의 위대한 쾌락 이론가는 행복한 삶을 지극히 회의적으로 이해했다. 고통 받지 않는 자가 쾌락을 맛본다고. 따라서 쾌락주의의 근본 개념은 고통인 셈이다. 사람은 고통을 떨쳐 버릴 줄 아는 한에서만 행복하니까, 그리고 쾌락이란 종종 행복보다는 불행을 가져다주므로, 에피쿠로스는 다만 신중하고 절제된 쾌락들만을 요청한다. 에피쿠로스의 지혜의 배경은 우울하다. 세계의 비참함 속에 내던져진 자로서 인간은, 자명하고 확실한 유일 가치는 쾌락임을, 아주 보잘것없는 것일지라도 그 스스로 느낄 수 있는 쾌락임을 확인한다. 신선한 물 한 모금, 하늘을 향한 (신의 창들을 향한) 시선 하나, 어떤 애무.

절제된 것이건 아니건, 쾌락들은 다만 그것을 맛보는 자에게만 속할 뿐이므로 어떤 철학자는, 당연히 쾌락주의의 그런 이기주의적 토대를 비난할 수 있을 것이다. 하지만 내가 보기에 쾌락주의의 아킬레스건은 이기주의가 아니라 그 절망적일 만큼 유토피아적인 특성이다.(오, 제발 내가 틀렸기를!) 사실 쾌락주의의 이상이 과연 실현될 수 있을지 의문이다. 나는 쾌락주의가 우리에게 요청하는 삶이 인간 본성과 양립할 수 없으리란 점을 두려워하는 것이다.

18세기는 예술을 통해, 쾌락을 도덕적 금기의 안개에서 빠져나오게 했다. 그것은 프라고나르, 와토의 그림들, 사드, 크레비용 피스 혹은 뒤클로의 문장들에서 발산하는, 소위 방종한 태도를 탄생시켰다. 바로 그래서 나의 젊은 친구 뱅상은 18세기를 애호하며, 할 수만 있다면 사드 후작의 프로필을 윗도리 깃에 배지처럼 달고 다닐 것이다. 그의 예찬에 공감하지만 나는 이 예술의 진정한 위대함은 그런 쾌락주의 선전에 있는 것이 아니라 그 분석에 있음을 (진실로 이해 받지 못하는 채로) 덧붙인다. 내가 쇼데를로 드 라클로의 『위험한 관계』를 모든 시대를 통틀어 가장 위대한 소설의 하나로 꼽는 까닭이 바로 여기에 있다.

그의 등장인물들은 오직 쾌락의 정복뿐, 그 밖의 다른 무엇에도 신경 쓰지 않는다. 한데 차츰 독자는 그들을 유혹하는 것이 쾌락보다는 정복임을 이해하게 된다. 쾌락 욕망이 아니라 정복 욕망이 춤추고 있음을. 처음에는 즐거운 외설적 유희로 보이던 것이 어느 사이엔가 불가피하게 생사를 건 투쟁으로 탈바꿈하는 것을. 한데 이 투쟁, 이것에 쾌락주의와 어떤 공통점이 있는가? 에피쿠로스는 이렇게 적었다. "현명한 자는 투쟁과 관계된 어떤 행위도 추구하지 않는다."

『위험한 관계』의 서간 형식은 다른 형식으로 대체될 수도 있는 단순한 기술적 방식이 아니다. 이 형식은 그 자체로 웅변적이며 등장인물들이 체험한 모든 것, 그것을 그들이 남에게 이야기하기 위해, 남에게 전하고 함께 나누고, 고백하고 기술하기 위해 체험했음을 우리에게 말해 준다. 모든 것이 서로 이야기되는 세계에서, 가장 쉽게 가질 수 있는 동시에 가장 치명적이기도 한 무기는 바로 폭로다. 소설 주인공, 발몽은 자신이 유혹했던 여인에게 그녀를 파멸시킬 절교 편지를 보낸다. 한데 그 편지를 그에게 한 마디 한 마디 받아 적게 한 사람은 바로 그의 여자 친구, 메르퇴유 후작 부인이다. 그 후 바로 그 메르퇴유가, 복수를 위해 발몽의 편지 한 통을 그의 연적에게 보여 준다. 연적이 그에게 결투를 신청하고 발몽은 죽는다. 그가 죽은 뒤, 그와 메르퇴유 사이의 은밀한 편지가 폭로되며 후작 부인은 내몰리고 쫓겨나, 주위의 경멸 속에서 생을 마감한다.

이 소설 속 그 무엇도 두 사람만의 비밀로 남지 않는다. 모든 사람이 거대한 하나의 소리 나는 조개껍질 속에 있는 듯한데, 여기서는 속삭인 말 하나 하나가 다수의 끝없는 메아리들로 증폭되어 울린다. 어린 시절 나는 조개껍질을 귀에 갖다 대면 바다의 태고의 속삭임을 듣게 되리라는 얘길 들었었다. 바로 그렇듯 라클로의 세계에서는 발설된 모든 말이 언제까지나 들을 수 있는 것으로 남는다. 바로 이런 것이, 18세기인가?

바로 이런 것이, 쾌락의 낙원인가? 그렇지 않으면 인간, 그는
미처 깨닫지 못한 채로, 애초부터 그런 공명하는 조개껍질 속
에서 줄곧 살고 있는 것일까? 어쨌거나 공명하는 조개껍질,
그것은 제자들에게 이렇게 설파하는 에피쿠로스의 세계가 아
니다. "너는 숨어 살아라!"

4

프런트의 그 사내는 친절하다. 호텔 프런트에서 으레 그러는 것보다 한결 친절하다. 우리가 이 년 전에도 이곳에 왔음을 기억하고서, 그는 그 후 많은 것이 변했음을 알려 준다. 각종 세미나를 위한 강연실을 하나 마련했고 아름다운 수영장도 하나 만들었다. 그 수영장을 궁금히 여기며, 우리는 정원을 향해 난 커다란 유리창들로 된, 매우 밝은 홀을 가로지른다. 홀 끝에 넓은 층계가, 천장이 유리이고 타일이 깔린 커다란 수영장 쪽으로 이어진다. 베라가 내게 상기시킨다. "지난번엔 이자리에 작은 장미 정원이 있었어."

우리는 방에 들렀다가 곧 정원으로 나선다. 초록색 테라스들이 강 쪽으로, 센강 쪽으로 내려간다. 그것은 아름다웠고, 우리는 감탄했으며, 오래 산책을 하고 싶었다. 몇 분 걷자 도로 하나가 솟아오르고 그 위로 자동차들이 줄을 잇는다. 우리는 가던 길을 되돌아온다.

저녁 식사는 훌륭하다. 거실 천장 아래에서 아직도 추억이 살아 숨 쉬는 그 옛 시절에 경의를 표하려는 듯 사람들도 한결같이 멋진 차림새다. 우리 옆자리에는 두 아이를 데리고 부모가 앉아 있다. 두 아이 가운데 하나가 큰 목소리로 노래를 부른다. 웨이터가 큰 쟁반을 들고 그들의 식탁 위로 몸을 기울인다. 남이 주시한다는 사실에 신이 나, 의자 위에 올라서서 한층 목청을 높이는 아이에게 뭔가 찬사의 말을 내뱉게 하고 싶은 듯, 아이의 어머니가 웨이터를 뚫어지게 쳐다본다. 아버지의 얼굴 위로 행복한 미소가 나타난다.

맛이 기막힌 보르도 포도주, 오리 요리, 디저트 — 이 집의 비밀 — , 우리는 크게 만족했고 아무 근심 없이 담소를 나눈다. 그런 뒤 방으로 되돌아와 나는 잠시 텔레비전을 켠다. 거기에 또 아이들이 있다. 이번에는 죽어 가는 검은 피부 아이들이다. 우리가 성에 머물렀던 기간은 텔레비전이 몇 주 동안, 매일같이, 이름은 벌써 잊어버린(그 모든 게 최소한 이 년이나 삼 년 전에 일어난 일이니, 어찌 그 이름들을 모두 기억하겠는가!) 어느 아프리카 국가, 내전과 기근으로 황폐해진 그 나라 아이들을 보여주던 시기와 일치한다. 그 아이들은 깡말랐고 탈진했으며, 얼굴 위를 산책하는 파리들을 쫓는 시늉조차 할 기력도 없다.

베라가 내게 말한다. "저 나라에도 죽는 늙은이들이 있을까?"

아니, 아니, 바로 저 기근에서 몹시 흥미로웠던 것, 그것을 지상에서 일어난 수백만 기근들 가운데 유일한 것으로 만든 것, 그것은 저 기근이 오직 아이들만을 쓰러뜨렸다는 점이다.

바로 이 전례 없는 사태를 확인하기 위해 매일같이 그 뉴스를 바라보았지만 화면에서 우리는 고통 받는 어른은 한 명도 보지 못했다.

그러므로 어른들이 아니라 아이들이 노인들의 이 같은 잔혹함에 맞서 들고일어나, 그들 특유의 완전한 자발성으로, '유럽 아이들이 소말리아 아이들을 위해 쌀을 보낸다'는 그 유명한 캠페인을 시작한 것은 지극히 당연한 일이다. 소말리아! 그렇다! 이 유명한 슬로건이 잃어버린 그 이름을 내게 되찾아 주지 않았는가! 아, 그 모든 게 벌써 잊혔다니 참 유감스러운 일이다! 아이들은 쌀 꾸러미들을, 수도 없이 많은 쌀 꾸러미들을 사들였다. 그 부모들, 자식들에게 깃든 이 세계적 연대감에 감동하여 그들은 돈을 냈고, 모든 기관이 또 그들을 도왔다. 쌀은 일단 학교로 모였고 항구까지 운반되었고, 그리고 아프리카로 향하는 선박들에 적재되었으며 모든 사람이 쌀의 그 영예로운 서사시를 뒤쫓을 수 있었다.

죽어 가는 아이들이 사라진 직후, 화면은 여섯 살, 여덟 살짜리 어린 소녀들에게 잠식되었고, 그 소녀들은 어른들처럼 차려입고서 교태 부리는 노파들의 그 호의적인 몸짓을 하는데, 아, 아이들이 어른처럼 행동할 때는 얼마나 매력적이고 감동적이며 재미난가. 그 어린 소년 소녀들이 서로 얼싸안고 입맞춤을 하고, 뒤이어 젖먹이를 품에 안은 한 사내가 튀어나와, 갓난아이가 막 오줌을 싼 기저귀를 세탁하는 최상의 방식을 우리에게 설명해 주는 사이, 웬 아름다운 여인이 다가서서, 입을 반쯤 벌리고는 끔찍할 만큼 육감적인 혀를 내밀어, 갓난아

기를 품에 안은 사내의 그 끔찍할 만큼 우직한 입속으로 밀어
넣기 시작한다.

"자야겠어." 그렇게 말하고는 베라가 텔레비전을 끈다.

5

어린 아프리카 동지들에게 원조를 보내기 위해 내닫는 프랑스 아이들은 언제나 내게 지식인 베르크의 얼굴을 상기시킨다. 당시는 그에게 영광의 나날들이었다. 영광의 경우 흔히 그렇듯이, 그의 영광도 실패 탓에 야기된 것이었다. 돌이켜 보자. 1980년대에 세계는, 사랑의 접촉이 이루어지는 동안 전염된다는, 초기에는 특히 동성연애자들 사이에 만연했던 에이즈라는 이름의 전염병에 강타당했다. 이 전염병을 정당한 신벌(神罰)로 여기며 환자들을 마치 페스트 환자처럼 피하던 광신자들에 맞서기 위해, 관대한 인사들은 그들에게 우애를 표명했으며 그들을 자주 접하는 일에 어떤 위험도 없음을 증명하고자 했다. 바로 그런 뜻에서 뒤베르크 의원과 지식인 베르크는 파리의 어느 유명한 레스토랑에서 에이즈 환자 한 무리와 함께 점심을 먹었다. 식사는 훌륭한 분위기에서 진행됐고, 모범을 보이는 일에는 어떤 기회도 놓치지 않으려는 생각에, 뒤베르크 의원이 디저트 시간에 카메라맨들을 초대했다. 카메라맨들이 문지방 위로 나타나자마자 그는 몸을 일으켰고, 한 환자에게 다가갔으며, 그를 의자에서 일으켜 세우더니 아직도 초콜릿 거품이 가득한 그의 입에 키스를 했다. 베르크는 황망해서 어찌할 바를 몰랐다. 일단 사진으로 찍히면 뒤베르크의 저 위대한 입맞춤은 불멸하리란 것을 그는 즉각 알아챘다. 그는 몸을 일으켰고 자신도 에이즈 환자에게 입맞춤하러 가야 하는지 어떤지 신경을 곤두세우고 생각했다. 그 생각의 첫 단계에서, 그는 환자와 입을 접촉하여도 에이즈에 감염되지 않는지를 영혼 밑바닥까지 전적으로 확신할 수 없었기에 그 같은 유혹을 떨쳐 버렸다. 다음 단계에서는, 자신의 입맞춤 사진에는 그런 위험을 감행할 만한 가치가 있다고 판단하고서, 자신의 의구심을 극복하기로 결심했다. 그러나 세 번째 단계에서 한 가지 생각이 양성반응 혈청의 입을 향한 그의 뜀박질을 중단시켰다. 그 역시 한 환자와 입맞춤을 한다고 해도, 그가 뒤베르크와 동등하게 되지는 않을 것이며, 정반대로 그는 모방자, 추종자의 서열로, 즉 다급한 모방으로 상대의 영광만 한결 돋보이게 해 줄 그런 시중꾼 서열로 격하될 것이다. 그리하여 그는 그대로 선 채 멍청히 미소 짓는 것으로 만족했다. 하지만 그 망설임의 몇 초가 그에게 비싼 대가를 치르게 했는데 왜냐하면 거기에 카메라가 있었고, 방영된 뉴스를 통해 프랑스 전체가 그의 얼굴에서 그 당혹스러움의 세 단계를 읽고 히죽거렸기 때문이다. 결국 소말리아를 위해 쌀 꾸러미를 모으는 아이들이 적시에 그를 도와준 셈이었다. 그는 기회 있을 때마다 '오직 아이들만이 진실 안에 살고 있다!'라는 멋들어진 문구를 대중에게 날려 보냈으며, 그러고는 아프리카로 가서 얼굴이 파리 떼로 뒤덮인, 죽어 가는 한 흑인 소녀 곁에서 사진을 찍었다. 그 사진은 세계 전체에 유명해졌고, 에이즈 환자와 입맞춤하는 뒤베르크의 사진보다 훨씬 더 유명해졌는데 이는 죽어 가는 한 아이에게 죽어 가는 한 어른보다 더 큰 가치가 있는 까닭이다. 이 자명한 사실을 당시까지만 해도 뒤베르크는 미처 생각하지 못했다. 하지만 뒤베르크는 자신이 패했다고 느끼지 않았으며 며칠 뒤, 그는 텔레비전에 등장했다. 열성 기독교도인 그는 베르크가 비신자임을 알고 있었고, 이 사실이 그에게 베르크와 함께 양초를, 즉 제아무리 지독한 비신자라 해도 그 앞에서 절로 고개를 숙이게 되는 무기인 양초를 들어야겠다는 아이디어를 제공해 주었다. 기자와 인터뷰가 진행되는 동안 그는 주머니에서 양초를 꺼내 불을 켰다. 베르크가 외국을 위해 태어난 사람이라는 많은 사람들의 평가를 악의적으로 훼손하려는 생각에 그는 우리 집, 우리 마을, 우리 교외의 가엾은 아이들에 대해 떠들었으며, 시민들에게 거리로 내려가 저마다 손에 양초를 들고 고통 받는 아이들과의 연대를 표하는 뜻으로 파리 시가 대행진을 하자고 제안했다. 그러고 나서 그는 (내심 고소해하며) 굳이 베르크의 이름을 거명하여 그 행렬 선두에 자기와 나란히 서도록 초청했다. 베르크는 선택해야 했다. 어린이 합창대의 일원으로 양초를 들고 행진에 참여할 것인가, 아니면 슬그머니 피해 버리고

서 이런저런 힐난들을 무릅쓸 것인가. 이는 함정이었으며 그는 대담하고도 예기치 못한 행위로 이를 모면해야만 했다. 즉각 그는 국민들이 저항하는 아시아의 어느 나라로 날아가 압제에 시달리는 이들에 대한 자신의 지지를 분명하고 드높은 목소리로 외치기로 결심했다. 안된 일이나 지리학이 늘 그의 약점이었다. 그에게는 이 세계가 프랑스와, 그리고 늘 그가 이름 모를 시골 지방들로 혼동하는 비프랑스로만 나뉘어 있었다. 그리하여 그는 따분할 만큼 평화로운 어느 나라에 착륙했으며 그 산속의 공항은 냉랭했고 교통마저 불편했다. 거기서 그는 비행기가, 굶주리고 독감까지 걸린 그를 파리로 다시 날라다 줄 때까지 여드레나 기다리며 머물러야 했다.

"베르크는 춤꾼들의 순교왕이라네." 퐁트뱅은 이렇게 해석했다.

춤꾼이라는 개념은 퐁트뱅의 몇 안 되는 친구들 사이에만 알려진 개념이다. 이는 그의 훌륭한 발명품인데도 그가 전혀 그것을 책으로 발전시킨다거나 국제 학술 모임에 주제로 제기하지 않는 것을 우리는 유감스러워할 수 있을 것이다. 하지만 그는 대중적 명성 따위는 개의치 않는다. 그의 친구들은 그래서 더욱 흥겹게 주의를 기울여 그의 얘기를 경청한다.

6

퐁트벵에 의하면, 오늘의 모든 정치가들이 어느 정도는 다 춤꾼들이요, 모든 춤꾼들이 또 정치에 관여하는데, 그렇다고 해서 우리가 그들을 서로 혼동해서는 안 된다. 춤꾼이 여느 정치가와 다른 것은 권력이 아니라 명예를 갈구한다는 점이다. 그는 이 세상에 이런저런 사회 조직을 부과하고자 하는 게 아니라(그는 이를 전혀 개의치 않는다.) 자신의 자아를 빛내기 위해 무대를 차지하고자 한다.

무대를 차지하기 위해서는 다른 사람들을 무대에서 몰아내야 한다. 이는 특별한 전투 기술을 전제로 한다. 춤꾼이 행하는 전투, 퐁트벵은 그것을 도덕 씨름이라 부른다. 춤꾼은 세상 모든 사람에게 결투를 신청한다. 누가 그보다 도덕적이라고 (좀 더 용기 있고, 좀 더 정직하고, 좀 더 성실하고, 좀 더 희생적이고, 좀 더 진실하다고) 자처할 수 있는가? 그는 상대를 자기보다 도덕적으로 열등한 상황에 처하게 할 갖은 기술을 다 쓴다.

만약 어떤 춤꾼에게 정치 게임 안으로 들어갈 기회가 주어진다면, 그는 어떤 비밀 협상(본래부터 진짜 정치 게임의 토대인)도 그것이 거짓이요 부정직하며, 위선적이고 더럽다고 폭로하면서 완강히 거부할 것이다. 그는 자신의 제의들을 공개적으로, 연단 위에서, 노래하면서, 춤을 추면서 개진할 것이며 일일이 이름까지 거명하여 다른 사람들이 자기 행동을 뒤따르도록 호소할 것이다. 은밀하게(상대에게 숙고할 시간, 반대 제의들을 논의할 시간을 주기 위해)가 아니라 공개적으로, 되도록 이면 경악스럽게. "당신은 소말리아 어린이들을 위해 당신의 3월달 봉급을 (나처럼) 즉각 포기할 준비가 되어 있습니까?" 깜짝 놀란 그 사람들에겐 두 가지 가능성만 남아 있을 뿐이다. 이를 거부하며 아이들의 적으로서 스스로의 명예를 실추시키든가, 그렇지 않으면 마치 에이즈 환자들과의 점심 식사가 끝날 무렵 저 가엾은 베르크의 망설임들을 보여 주었듯 카메라가 악의적으로 보여 줄 게 분명한 그 끔찍한 당혹 안에서 "예."라고 말하거나. "왜 침묵하고 계십니까, H 의사, 당신 조국에서 인권이 우롱당하는데?" 사람들은 이 질문을, 환자를 수술하던 중이라 대답을 할 수 없는 순간에 H 의사에게 던졌다. 갈랐던 배를 다시 꿰매고 나서, 그는 자신의 침묵이 너무나 수치스러웠기에 사람들이 자기에게서 듣고 싶어 한 모든 것, 아니 그 이상의 것을 장황하게 떠들어 댔다. 그제야 그로 하여금 장광설을 토하게 한 그 춤꾼이 (이는 유난히 끔찍한, 도덕 씨름의 또 다른 기술인데) 한마디 던진다. "마침내 입을 여시는군. 좀 늦은

감이 있긴 하지만……."

공개적으로 입장을 취하는 것이 위험한 상황들(예를 들면 독재 체제에서)이 있을 수 있다. 하지만 춤꾼들은 다른 사람들에 비해 덜 위험한 편인데, 왜냐하면 어디서나 보이는 투광기들의 빛 아래에서 산책하고 있기에, 그는 세계의 이목에 의해 보호 받는 까닭이다. 그런데 그에겐 익명의 찬미자들이 있으며, 무반성적이요 장려하기만 한 그의 호소에 따라 이들은 각종 탄원서에 서명하고, 금지된 집회들에 가담하며, 거리에서 시위한다. 이들이야 함부로 취급될 터이나 춤꾼은 절대 자신이 그들의 불행을 초래했다고 스스로를 비난하는 감상적 유혹에 굴하지 않을 것인데, 고귀한 동기는 어중이떠중이의 생명보다 더 무게가 나간다는 걸 아는 까닭이다.

뱅상이 퐁트벵에게 이의를 제기한다. "당신이 베르크를 혐오한다는 건 익히 알려진 바이고 우리도 당신 생각에 동의해요. 하지만 비록 그가 멍청이라곤 해도 그는 우리 역시 정당하다고 여기는 주장들을 내세웁니다. 아니면 그의 허영심이 그런 주장들을 내세운다고 해도 좋겠죠. 그래서 묻습니다. 만약 당신이 어떤 대중적 갈등에 개입하여 어떤 가혹한 처사에 사람들의 주의를 집중시키고, 박해 받는 사람을 돕고자 한다면 당신이라고 어찌 이 시대에 춤꾼이 아닐 수 있거나 혹은 춤꾼으로 보이지 않을 수 있겠어요?"

이에 대해 신비의 인물 퐁트벵은 이렇게 대답한다. "내가 춤꾼들을 공격하려 한 줄로 생각한다면 틀린 생각이야. 나는 그들을 옹호해. 춤꾼들에게 혐오를 느끼고 그들을 비방하려

드는 자는 언제나 뛰어넘을 수 없는 장애에 직면할 거야. 그들의 정직성 말이야. 끊임없이 스스로를 대중에게 전시하는 까닭에, 어쩔 수 없이 춤꾼은 비난할 수 없는 자가 되어야 해. 그는 파우스트처럼 악마와 계약을 맺은 게 아니라 천사와 계약을 맺은 거야. 그는 자신의 생을 한 편의 예술 작품으로 만들려고 하고 그 작업을 천사가 돕지. 왜냐하면 잊지 마, 춤은 예술이기 때문이야! 자신의 생을 한 편의 예술 작품의 소재로 보려는 그 강박 관념 속에 춤꾼의 참 본질이 있어. 그는 도덕을 설교하는 게 아니라, 도덕을 춤추는 거야! 그는 제 삶의 아름다움으로 이 세계를 감격시키고 눈부시게 하려는 거지! 그는 마치 조각가가 자신이 조각 중인 조각상을 사랑하듯 제 삶을 사랑해."

7

나는 퐁트뱅이 그처럼 흥미로운 생각들을 왜 책으로 펴내지 않는지 자문해 본다. 국립도서관 자신의 사무실에서 따분해하는 역사학 박사, 그에겐 특별히 할 일도 없잖은가. 자신의 이론을 알리는 일 따위엔 관심이 없어서? 그 정도가 아니다. 그는 그런 일을 끔찍하게 여긴다. 자신의 생각들을 널리 펴는 자는 사실 타인에게 자신의 진실성을 납득시키고, 그들에게 영향을 주고, 그리하여 세상을 바꾸기를 갈망하는 자들 부류에 속할 소지가 있다. 세상을 바꾼다는 것! 퐁트뱅으로서는, 이는 흉물스럽기 짝이 없는 생각이다! 있는 그대로의 지금 이 세상이 칭찬할 만해서가 아니라 모든 변화는 필연적으로 더욱 나쁜 쪽으로 이끌리고 말기 때문이다. 또한 좀 더 이기적인 관점에서 본다면, 대중화된 모든 생각은 조만간 그 생각의 저자를 공격하는 쪽으로 돌아서며 그가 그것을 생각해 냈을 때

맛보았던 쾌감을 앗아가 버릴 것이기 때문이다. 퐁트벵은 에 피쿠로스의 대제자들 가운데 한 사람인 까닭에, 그가 자신의 생각들을 고안하고 발전시키는 것은 오직 그것이 자신을 즐겁게 해 준다는 이유에서다. 갖가지 흥겹고도 심술궂은 여러 성찰들의 무한한 원천과 다름없는 이 인류를 그는 경멸하지 않으나, 그렇다고 인류와 지나치게 긴밀하게 접촉할 생각은 추호도 없다. 그는 가스코뉴 카페에서 상봉하는 친구들 패거리에 둘러싸여 있으며, 인류에서 추출한 이 조그만 표본으로도 그는 족하다.

그 친구들 중에서 뱅상이 가장 천진하며, 그에겐 사람을 감동시키는 데가 있다. 그에게 완전히 공감하면서도 내가 그를 비난하는 점은,(사실 어느 정도는 질투심에서) 그가 퐁트벵에게 바치는 그 치기 어린 흠모뿐이다. 하지만 그 우정조차에도 뭔가 감동적인 데가 있다. 철학에 대해서, 정치에 대해서, 책들에 대해서, 그를 사로잡는 많은 주제들에 대해 얘기를 나누는 까닭에 뱅상은 그와 둘만 있는 것을 행복해한다. 그에겐 기묘하고 자극적인 생각들이 넘쳐나고 퐁트벵은, 그 자신도 매료되어 제자의 견해를 수정해 주고, 그에게 영감을 주고, 그를 격려해 준다. 하지만 제삼자가 등장하기만 하면 이내 뱅상은 불행해지고 마는데, 그 즉시 퐁트벵의 태도가 돌변하는 까닭이다. 그는 더욱 큰 소리로 말을 하며 즐거워하는데 뱅상의 취미에는 맞지 않을 만큼 지나치게 즐거워하는 것이다.

예를 들어 그들 둘만이 카페에 있고 뱅상이 그에게 묻는다. "소말리아에서 일어나는 일에 대해 진짜로 어떻게 생각하세요?"

퐁트벵은 끈기 있게 그에게 아프리카에 관한 일대 강연을 들려준다. 뱅상이 이런저런 이의를 제기하고, 서로 갑론을박 하며 간혹 농담을 나누기도 하지만, 이는 재치를 과시하고 싶어서가 아니라 더없이 진지한 대화 도중에 서로 잠시 긴장을 풀기 위한 것일 뿐이다.

마추가 웬 어여쁜 여자를 데리고 등장한다. 뱅상은 토론을 계속하고자 한다. "한데 그렇다면 퐁트벵, 이렇게 주장하는 건 틀린 생각이 아닐까요……."라며 그는 친구의 이론에 대한 흥미로운 논박을 개진한다.

퐁트벵은 길게 뜸을 들인다. 그는 뜸의 거장이다. 그는 오직 소심한 사람만이 뜸 들이는 걸 겁내며, 뭐라 대답해야 할지 모르면서 성급히 엉뚱한 문구들을 내뱉어 조소를 자초하고 만다는 것을 안다. 퐁트벵은 매우 장엄하게 침묵할 줄 알며 은하수조차도 그의 침묵에 감명 받아 초조히 대답을 기다릴 정도다. 아무 말 없이, 그는 왠지 까닭은 모르겠으나 수줍은 듯 두 눈을 내리깐 뱅상을 물끄러미 바라보다가 곧, 미소 지으며 여인 쪽을 바라보더니 다시 한 번, 짐짓 염려스러운 듯 무거운 두 눈을 뱅상 쪽으로 돌린다. "여인을 앞에 두고 지나치게 반짝거리는 생각들을 고집하는 자네의 그런 태도는 자네 리비도의 염려스러운 퇴거를 증명하는 거지."

마추의 얼굴 위로 눈에 익은 그 멍청한 미소가 나타나고, 그 미모의 여인이 너그럽고 흥겨운 시선으로 뱅상을 훑어보는데 뱅상은 얼굴이 빨갛게 달아 있다. 그는 상처 받은 느낌이다. 친구, 좀 전까지만 해도 자기에게만 주의를 기울이던 그가 별

안간 결국 한 여인을 실색시키고야 말 거북한 상황에 자기를 빠뜨릴 채비를 하고 있는 것이다.

곧 다른 친구들이 도착하고, 자리에 앉아 수다를 떤다. 마추가 몇 가지 일화를 이야기한다. 건조한 몇 가지 짧은 지적들을 통해, 구자르가 서적에 관한 자신의 박학을 과시한다. 몇몇 여인이 폭소를 터뜨린다. 퐁트벵은 침묵을 지킨다. 그는 기다린다. 침묵을 충분히 무르익게 한 뒤 그가 말한다. "내 여자 친구는 언제나 내가 거칠게 대해 주길 원하지."

세상에, 그가 그런 말도 할 줄 알다니. 이웃 테이블 사람들까지도 입을 다물고 그의 얘기에 귀를 기울인다. 초조한 듯 웃음이 허공에서 잔물결친다. 그의 여자 친구가 그에게서 거친 행동을 원한다는 사실에 뭐 그리 재미있는 게 있는가? 이는 전적으로 그 목소리의 매력 때문일 텐데, 뱅상은 자기 목소리가 퐁트벵의 목소리에 비하면, 첼로와 경쟁하려고 안간힘을 쓰는 초라한 피리 꼴임을 알기에 질투심을 느끼지 않을 수가 없다. 퐁트벵은 목소리를 높이지 않고 조용히 말하나 그의 목소리는 홀 전체를 가득 채우며 세상의 다른 소음들을 들리지 않게 해 버린다.

그가 계속한다. "거친 행동……. 하지만 난 그럴 수가 없어! 난 거칠지 않으니까! 난 너무 섬세하니까!"

웃음은 여전히 허공에서 잔물결치고, 그 잔물결을 음미하려는 듯 퐁트벵은 또 침묵에 잠긴다.

이윽고 그가 말한다. "가끔씩 젊은 여자 타이피스트가 내 집으로 와. 어느 날 타자를 하는 동안 별안간, 전적으로 선의

에서, 내가 그녀의 머리채를 잡아채 의자에서 일으켜 세우고
는 침대 쪽으로 그녀를 이끌어. 그러다 도중에 폭소를 터뜨리
며 그녀를 놓아주고 말하지. 아, 이런 대실수를. 내가 거칠게
대해 주길 원한 사람은 당신이 아닌데. 아, 날 용서하세요, 아
가씨!"
카페의 모든 사람이 웃음을 터뜨리고, 뱅상조차도 다시금
제 스승을 좋아하고 만다.

8

하지만 다음 날, 그는 비난조로 말한다. "퐁트뱅, 당신은 춤꾼들에 대한 대이론가일 뿐 아니라, 당신 자신이 큰 춤꾼 같아요."

퐁트뱅 (약간 당황한 태도로) 자넨 개념을 혼동하고 있어.

뱅상 당신과 나, 우리가 함께 있을 때, 누군가가 우리 사이에 끼어들면 우리가 있는 곳은 즉각 두 부분으로 나뉘는데, 새로 온 사람과 나는 땅바닥에 있고 당신은 무대 위에서 춤추고 있습니다.

퐁트뱅 자네가 개념을 혼동하고 있다고 말했네. 춤꾼이라는 말은 오직 대중적인 삶의 노출광들에게만 적용되는 말이야. 한데 그 대중적인 삶, 난 그걸 끔찍이 싫어하잖아.

뱅상 당신은 어제 그 여자 앞에서, 마치 베르크가 카메라 앞에서 하듯 행동했어요. 그녀의 주의를 온통 당신에게 쏠리게 하려 했지요. 당신은 최고이고자, 누구보다 재치 있는 사람이고자 했어요. 그리고 저를 적 삼아, 노출광들의 가장 저속한 씨름을 써먹었어요.

퐁트뱅 노출광들의 씨름일 수는 있겠지. 하지만 도덕 씨름은 아니야! 바로 그래서 나를 춤꾼으로 규정 지으려는 자네 생각이 틀렸다는 거야. 춤꾼은 다른 사람들보다 더욱 도덕적이고자 하니까. 그런 반면 나, 나는 자네보다 비도덕적으로 보이고자 하지 않았는가.

뱅상 춤꾼이 좀 더 도덕적으로 보이려는 건 그의 많은 대중이 천진하고 도덕적인 몸짓들을 아름답게 여기기 때문입니다. 하지만 우리의 작은 대중은 도착적이고 비도덕적인 걸 좋아하죠. 그래서 당신은 나를 상대로 비도덕 씨름을 행한 것이고 이는 결코 당신의 그 춤꾼으로서의 본질과 모순되지 않습니다.

퐁트뱅 (돌연 어조를 바꾸어, 매우 진지하게) 뱅상, 내가 자네에게 상처를 입혔다면, 날 용서하게나.

뱅상 (퐁트뱅의 사과에 즉각 감격하여) 용서할 게 뭐가 있나요. 당신이 농담한 거라는 걸 나도 아는데.

그들이 가스코뉴 카페에서 상봉하는 건 우연이 아니다. 그들의 수호성인들 가운데 다르타냥이 가장 위대하다. 그들이 끔찍이 아끼는 유일한 가치, 우정의 수호성인.

퐁트뱅이 계속한다. "아주 넓은 의미에서 보면 (사실, 이 점에서는 자네가 옳아.) 춤꾼은 우리 모두에게 깃들었으며 나 역시 여자가 등장하는 걸 볼 때, 내가 다른 이들보다 열 배는 더 춤꾼이 된다는 자네 주장을 시인하겠어. 어떻게 내가 이를 반박

할 수 있겠어? 이는 실로 나보다 한 수 위 생각이야.”

뱅상은 더욱 감격한 듯 다정스레 웃고, 퐁트벵은 회개하는 듯한 어조로 말을 계속한다. “더욱이 방금 자네가 지적했듯이 만약 내가 춤꾼들에 대한 대이론가라면, 그들과 나 사이에 필시 뭔가 약간의 공통점이 있어서 그 덕택에 내가 그들을 이해할 수 있는 게 아니겠어. 그렇지, 뱅상, 자네 주장을 시인해.”

이 단계에서, 회개한 친구 퐁트벵은 다시 이론가가 된다. “하지만 그저 약간의 공통점일 뿐, 왜냐하면 내가 사용하는 대로의 그 개념의 정확한 의미상, 난 춤꾼과 전혀 무관하기 때문이야. 내가 보기에 베르크나 뒤베르크 같은 진짜 춤꾼은 한 여인 앞에서는 스스로를 노출하거나 그녀를 유혹하려는 욕구를 완전히 상실할 가능성이 있을뿐더러 아마 실제로 그럴 거야. 여자 타이피스트를 다른 여자와 혼동하고 머리채를 잡아 침대로 이끌었다는 얘기를 해야겠다는 생각이 그의 머리에는 떠오르지 않을 거란 말이지. 그가 유혹하고 싶은 대중은, 구체적이고 가시적인 몇몇 여인이 아니라 보이지 않는 다수의 군중이니까! 잘 들어, 이는 춤꾼 이론에서 발전시켜야 할 새로운 장이야. 그의 대중의 비가시적 특성! 바로 여기에 이 인물의 무시무시한 현대성이 있어! 그는 자네 앞이나 내 앞이 아니라 세계 전체 앞에 스스로를 노출해. 한데 세계 전체란 게 뭐지? 얼굴 없는 하나의 무한! 하나의 추상 아니야?

그들의 대화 속으로 구자르가 마추를 대동하고 등장하는데, 마추가 문께에서부터 뱅상에게 말을 건넨다. “자네가 곤충학자들의 학술 대회에 초대 받았다고 말했지. 자네에게 전해 줄 소식이 있어! 베르크도 거기 참석할 거야."

퐁트벵 또 그 양반인가? 어디 안 가는 데가 없군!

뱅상 대체 그가 거기서 뭘 할 게 있다는 거지?

마추 바로 자네가 곤충학자이니, 자네가 알 일이지.

구자르 학창 시절에 그는 약 일 년간 곤충 전문학교에 자주 드나들었어. 학회 도중에 그를 명예 곤충학자 반열에 추대할 모양이야.

그러자 퐁트벵 거길 가서 난장판을 만들어 버려야 해! (그러고는 뱅상 쪽을 바라보며) 자네가 우리 모두를 그곳에 몰래 들여보내 주게나!

9

베라는 벌써 자고 있고, 나는 정원 쪽으로 난 창문을 열고서 T 부인과 젊은 기사가 한밤중에 성에서 빠져나와 나누었던 여정, 그 잊을 수 없는 세 단계 여정을 생각한다.

첫째 단계. 그들은 서로 팔짱을 낀 채 얘기를 나누며 산책하다가, 잔디밭의 한 벤치를 찾아 여전히 팔짱을 낀 채 얘기를 나누며 나란히 앉는다. 달빛 가득한 밤, 정원은 테라스들로 너울져 센강 쪽으로 내려가는데 강의 속살거림이 나무들의 속살거림에 어우러지고 있다. 그들의 대화 몇 조각을 포착해 보도록 하자. 기사가 입맞춤을 요구한다. T 부인이 대답한다. "나도 그러고 싶어요. 내가 거절한다면 당신은 지나치게 의기양양해할 거예요. 당신의 자기애가 내가 당신을 두려워한다고 여기게 할 테니까요."

T 부인이 말하는 모든 것은 한 예술의, 즉 어떤 몸짓도 해석

없이 방치하지 않고 그 의미를 가공하는, 대화 예술의 결실이
다. 예를 들어 이번에 기사가 간청하는 입맞춤을 허락하는 것
도, 자신의 동의에 자기 나름의 해석을 부과한 뒤의 일이다.
그녀가 입맞춤을 허락하는 것은 기사의 콧대를 적정한 치수
로 되돌려 놓기 위함이라고.

이렇게 잔꾀를 내어 그녀가 한낱 입맞춤을 저항 행위로 탈
바꿈시킬 때, 누구도 그 말에 속을 리 없고, 그야 기사도 마찬
가지이나, 그런데도 그는 그 말들을 진지하게 생각해야 하는
데 왜냐하면 그것들이 정신의 한 행보(行步)에 속하고 그 행보
에 정신의 또 다른 한 행보로 반응해야 하는 까닭이다. 대화는
시간 때우기가 아니라 정반대로 시간을 조직하고 시간을 지
배하고 준수해야 할 자신의 법칙들을 부과하는 것이다.

그들 밤의 첫째 단계의 끝. 기사가 지나치게 의기양양해하
지 않도록 그에게 동의해 준 그 입맞춤이 또 다른 입맞춤에 이
어졌고, 입맞춤들이 "빨라졌고, 간간이 대화를 중단시켰고, 그
것을 대체해 버렸다……." 한데 그녀가 몸을 일으키더니 길을
되돌아가기로 결심하지 않는가.

참으로 기막힌 연출 예술 아닌가! 최초의 그 성적 욕구의
혼란을 맛본 뒤, 사랑의 쾌락은 아직 무르익지 않은 열매임을
보여 줘야 했던 것이요, 그 값을 올리고 좀 더 먹음직스럽게
만들어야 했던 것이요, 파란을, 긴장을, 긴박감을 만들어야 했
던 것이다. 기사와 함께 성으로 되돌아가면서 T 부인은 공허
속으로 떨어지고 있음을 가장하나, 마지막 순간에 자신이 상
황을 뒤엎고 데이트를 연장할 전권을 쥐리란 걸 잘 안다. 그야

문장 하나면, 해묵은 대화 예술이 수십여 개나 알고 있는 그런 상투어 하나면 족할 것이다. 한데 마치 뜻밖의 어떤 음모에 걸려든 듯, 미처 예상치 못한 영감의 결여 때문인 듯, 그녀는 단 하나의 상투어도 찾아내지 못한다. 그녀는 마치 갑자기 대사를 잊어버린 배우 같다. 사실 그녀는 대사를 알아야만 한다. 젊은 아가씨가, 너 하고 싶니? 나도 하고 싶어. 그럼 시간 낭비하지 말자고!라고 말할 수 있는 요즘 같지 않은 까닭이다. 그들에게는 그런 대담함이, 방종에 대한 서로의 굳은 확신에도 불구하고 뛰어넘을 수 없는 방책 너머에 머무른다. 만약 둘 중 어느 쪽에도 늦기 전에 무슨 생각이 떠오르지 않는다면, 그들이 산책을 계속할 어떤 구실도 찾아내지 못한다면, 그들이 고수하는 침묵의 논리에 따라 성 안으로 되돌아가 거기서 작별을 고할 수밖에 없을 것이다. 두 사람 모두 걸음을 멈출 어떤 구실을 찾는 일이 다급하다고 여기면 여길수록, 더욱더 그들의 입은 꿰맨 듯하기만 하다. 그들을 도와줄 수 있을 문장들이 절망적으로 원조를 호소하는 그들 앞에서 모두 몸을 사린다. 바로 그래서 성문 근처에 도착했을 때 "서로의 본능에 의해, 우리의 발걸음은 느려졌다."

다행히 마지막 순간에 프롬프터가 마침내 잠에서 깨어난 듯, 그녀가 자신의 대사를 되찾는다. 그녀가 기사를 공격한다. "난 당신에게 불만이에요……." 결국, 결국! 모두 구제되었다! 그녀가 화를 터뜨린다! 그녀는 산책을 연장할 작은 거짓 분노에서 구실을 찾아낸 것이다. 그녀는 그에게 진솔했다. 한데 어째서 그는 그가 사랑하는 여인, 그 백작 부인에 대해 한마디

도 하지 않는단 말인가? 어서, 어서, 설명을 해야지! 말을 해야
해! 대화가 다시 엮이고, 그들은 이번만은 장애 없이 그들을 사
랑의 포옹으로 인도할 길을 따라 성에서 다시금 멀어져 간다.

10

대화를 나누면서 T 부인은 지반을 측량하고, 사건의 다음 단계를 준비하고, 파트너에게 무엇을 생각하고 어떻게 반응해야 하는지를 이해시킨다. 이 일을 그녀는 섬세하게, 우아하게, 마치 딴 얘기를 하듯이, 간접적으로 해낸다. 그녀는 그에게 그 백작 부인의 이기적 냉정함을 깨닫게 하여 그를 정절의 의무로부터 해방하고 그녀가 준비하는 밤의 사랑 모험을 위해 그의 긴장을 풀어 준다. 그녀는 비단 임박한 미래를 조직할 뿐 아니라 어떤 경우에도 자신이, 그가 헤어져서는 안 될 그 백작 부인의 경쟁자가 되고 싶지는 않다는 것을 이해시킴으로써 먼 미래까지도 조직한다. 그녀는 그에게 사랑 교육 속강을 들려주며 모든 미덕 가운데 최상의 미덕인 비밀 엄수로 보호하고 도덕 규칙들의 압제로부터 해방해야 할 사랑에 대한 자신의 실천 철학을 전수해 준다. 나아가 그녀는 아주 자연스럽게 그에게 다음 날 자기 남편에게 어떻게 처신해야 하는지를 설명해 주기까지 한다.

놀랍잖은가. 이 정도로 합리적으로 구성되고 측량되고 구획되고 계산되고 가늠된 이 공간 어디에 자발성을 위한 '광기'를 위한 자리가 있으며, 어디에 광란이 있고, 어디에 욕정의 맹목이, 초현실주의자들이 우상화한 그 '미친 사랑'이 있고, 어디에 자아의 망각이 있단 말인가? 사랑에 대한 우리의 관념을 만들어 낸 몰이성의 그 모든 미덕, 어디에 그것들이 있단 말인가? 아니다, 그것들이 여기서 할 일은 아무것도 없다. T 부인은 이성의 여왕인 까닭이다. 메르퇴유 후작 부인의 냉혹한 이성이 아니라 부드럽고 상냥한 이성, 사랑의 보호를 지고의 사명으로 여기는 그런 이성.

나는 그녀가 기사를 인도하여 달빛 가득한 밤을 가로지르는 모습을 본다. 지금, 그녀는 걸음을 멈추고서 그들 앞 어슴푸레한 빛 속에 드러나는 어느 지붕 윤곽을 가리켜 보인다. 아, 기막힌 관능의 순간들의 증인이었을 저 정자, 유감스럽게도 몸에 열쇠를 지니지 않았다고 그녀가 말한다. 그들이 문 가까이 다가서는데 (어찌 이리도 기묘한가! 어찌 이리도 뜻밖인가!) 정자는 열려 있지 않은가!

어째서 그녀는 그에게 열쇠가 없노라고 얘기했단 말인가? 어째서 그녀는 곧바로 그에게 정자를 잠그지 않는다는 걸 알려 주지 않았단 말인가? 모든 것이 인위적이요 안배되었고, 조작되었으며, 모든 것이 연출이요 무엇 하나 자연적이지 않다. 달리 말하자면, 모든 게 예술인 것이다. 이 경우엔, 긴박감

을 연장하는 예술, 뿐만 아니라 가능한 한 가장 오랫동안 흥분
상태를 연장하는 예술.

11

우리는 드농의 소설에서 T 부인의 외모에 대한 묘사를 전혀 찾을 수가 없다. 하지만 내가 확신하는 사실 하나, 그녀가 야윈 사람일 수는 없다는 것. 나는 그녀가 "원만하고 유연한 몸맵시"(바로 이 말로 라클로는 『위험한 관계』에서 가장 탐스러운 여성의 신체를 특징지었다.)를 지녔으며 이 신체적 특징에서 그 느림과 원만함이 생겨나는 것이라고 가정한다. 그것은 그녀에게서 감미로운 한가로움을 발산시킨다. 그녀는 느림의 지혜를 지녔으며 감속의 기법을 훌륭히 다룰 줄 안다. 이를 그녀는 정자에서 보낸 밤의 그 둘째 단계에서 특히 잘 입증해 보인다. 그들은 정자에 들어가 포옹을 하고 긴 소파 위에 넘어져 정사를 나눈다. 한데 "이 모든 게 다소 황급했다. 우리는 우리의 잘못을 느꼈다. (……) 너무 열이 차면 묘미가 덜한 법이다. 환락을 좇아 내닫다가 이에 선행하는 그 모든 감미로움을 흐려 버리고 마는 것이다."

그들로 하여금 느림의 감미로움을 상실케 한 그 서두름, 두 사람 모두 이를 즉각 잘못으로 인지한다. 하지만 나는 T 부인이 이를 놀라워했다고 여기지 않으며, 오히려 나는 그녀가 이 치명적이고 불가피한 잘못을 미리 알았고, 이를 기다렸으며 바로 그래서 그녀가 세 번째 단계에서, 새로운 무대 장식 안에서, 그들의 사랑 모험이 그 화려한 느림 안에서 완전히 피어날 수 있도록, 예견될 수 있고 실제로 예견된 사건 전개의 속도에 제동을 걸고, 그 가쁜 호흡을 억누르기 위해 정자에서 점점 느리게와 같은 중간 억지책을 미리 생각해 뒀을 거라고 생각한다.

그녀는 정자에서의 사랑을 중단하고 기사와 함께 밖으로 나와 다시 그와 함께 산책을 하고, 잔디밭 한가운데 벤치에 앉아 다시 대화를 나누다가 곧 그를 성 안 그녀의 거소에 딸린 한 밀실로 이끈다. 지난날 이곳을 사랑의 마법 사원으로 꾸민 사람은 남편이다. 문지방에서 기사는 얼이 빠져 버린다. 사면 벽을 뒤덮은 거울들이 그들의 영상을 불어나게 하여 마치 커플들의 무한한 행렬이 문득 그들 주위를 에워싸는 듯하다. 하지만 그들이 정사를 나누는 곳은 이곳이 아니다. T 부인은 성적 본능이 지나치게 폭발하는 것을 억제하고 싶었던 듯하며 흥분의 시간을 가능한 한 길게 연장하기 위해, 그를 어둠에 잠긴 동굴 같은, 온통 방석들이 깔린 곁방으로 인도한다. 그들이 오랫동안 천천히, 새벽까지 정사를 나누는 곳은 오직 이곳일 뿐이다.

그들의 밤의 뜀박질을 감속함으로써, 그것을 서로 유리된

상이한 부분들로 분할함으로써, T 부인은 그들에게 할애된 그 작은 시간 조각을 경이로운 하나의 작은 건축으로, 하나의 형태로 부각할 줄 알았다. 일정한 지속에 형태를 아로새기는 것, 그것은 아름다움이 요구하는 것일 뿐 아니라 기억이 요구하는 것이기도 하다. 형태 없는 것은 파악할 수 없고, 기억할 수 없는 까닭이다. 그들의 만남을 하나의 형태로 구상한 것은 그들에게 특히나 소중했던 셈인데 그 밤이 내일 없이 머무를 것이요 단지 추억 안에서만 반복될 수 있을 뿐이기 때문이다.

느림과 기억 사이, 빠름과 망각 사이에는 어떤 내밀한 관계가 있다. 지극히 평범한 상황 하나를 상기해 보자. 웬 사내가 거리를 걸어가고 있다. 문득 그가 뭔가를 회상하고자 하는데 기억이 나지 않는다. 그 순간 기계적으로, 그는 자신의 발걸음을 늦춘다. 반면 자신이 방금 겪은 어떤 끔찍한 사고를 잊어버리고자 하는 자는, 시간상 아직도 자기와 너무나 가까운, 자신의 현재 위치로부터 어서 빨리 멀어지고 싶다는 듯 자기도 모르게 걸음을 빨리한다.

실존 수학에서 이 체험은 두 기본 방정식 형태로 나타난다. 느림의 정도는 기억의 강도에 정비례하고, 빠름의 정도는 망각의 강도에 정비례한다.

12

비방 드농이 살아 있는 동안에는, 아마도 소수 전문가들만이 그가 『내일은 없다』의 저자임을 알고 있었던 듯하다. 그 신비의 베일이 모든 사람들에게 (아마도) 결정적으로 벗겨진 것은, 그가 죽고 나서 아주 오랜 뒤의 일이다. 그러고 보면 이 소설의 운명은 이 소설의 내용과 이상하게도 흡사하다. 그것은 비밀의, 신중함의, 신비화의, 익명성의 어스름에 가려 있었던 것이다.

조각가, 데생 화가, 외교관, 여행가, 그림 감정가, 살롱의 매혹자, 돋보이는 경력의 사나이, 드농은 한 번도 이 소설의 예술적 소유권을 주장한 적이 없다. 그가 명예를 거부했던 게 아니라, 당시에는 명예가 다른 것을 의미했다. 나는 그가 관심을 가졌던 대중, 그가 매료시키고자 한 대중은, 오늘날 작가가 갈구하는 그런 미지의 대중이 아니라 그가 개인적으로 알고 존중할 수 있었던 일단의 작은 무리였으리라고 상상한다. 그런 독자들에게서 얻은 성공이 그에게 일깨워 준 쾌락은 재담을 펴던 어느 살롱에서 그를 둘러싼 몇몇 청중 앞에서 그가 맛볼 수 있었던 쾌락과 그리 다른 게 아니다.

사진술 발명 이전의 명예가 있고 그 후의 명예가 있다. 체코 왕 바츨라프는, 14세기에 프라하의 선술집들을 자주 드나들며 정체를 숨기고 백성들과 한담을 나누는 데서 쾌락을 맛보곤 했다. 그는 권력, 명예, 자유를 누렸다. 영국의 찰스 황태자는 어떤 권력, 어떤 자유도 없으나 엄청난 명예를 누린다. 인적 없는 숲에서든 지하 십칠 층 벙커에 숨겨 놓은 자신의 욕조에서든 그는 그를 알아보고 뒤쫓는 눈들을 피할 수가 없다. 명예가 그의 자유를 모조리 삼켜 버렸으며, 이제 그는 안다. 오직 의식을 완전히 잃은 이들만이 오늘에도 여전히 자의로 명성의 냄비들을 끌고 다니는 데 동의할 수 있다는 것을.

명예의 성격이 변한다 할지라도, 어쨌든 그것은 소수 특권층에만 관계된 일이라고 여러분은 말한다. 이는 틀린 생각이다. 명예는 유명 인사들에게만 관계된 게 아니라, 모든 사람에게 관계된 것인 까닭이다. 오늘날 유명인들은 잡지 페이지 위, 텔레비전 화면에 등장하며, 모든 이의 상상력에 침투하고 있다. 그리고 모든 사람들이, 그것이 한낱 꿈에 불과한 일일지라도 그러한 명예(선술집을 자주 드나들던 바츨라프 왕의 명예가 아니라, 십칠 층 지하 욕조에 숨은 찰스 황태자의 명예)의 대상이 될 가능성을 근심한다. 이 가능성은 모든 이를 그림자처럼 뒤쫓으며 삶의 성격을 변화시킨다. 왜냐하면 (그리고 이는 실존 수학의

널리 알려진 또 하나의 기본 정의인데) 실존이 갖는 각각의 새로운 가능성은, 비록 그것이 극히 있음 직하지 않은 일일지라도, 실존 전체를 탈바꿈시키는 까닭이다.

13

지식인 베르크가 최근에 임마쿨라타라는, 고등학교 시절 그가 (헛되이) 탐했던 옛날의 그 학급 친구 때문에 골치를 앓고 있음을 알았더라면 아마 퐁트벵은 그에 대해 조금 덜 악의적이었을 것이다.

어느 날 이십여 년이나 지나서, 임마쿨라타는 텔레비전 화면에서 베르크가 어느 흑인 소녀의 얼굴에서 파리를 쫓는 모습을 본다. 이는 그녀에게 어떤 계시처럼 작용했다. 즉각 그녀는 자신이 늘 그를 사랑하고 있었음을 깨달았다. 바로 그날, 그녀는 그에게 편지를 쓰면서 옛날 그들의 그 '천진한 사랑'을 들먹였다. 하지만 베르크는 자신의 사랑이 천진하기는커녕 대단히 음란했으며 그녀가 자신을 가차 없이 밀쳐 버렸을 때 느낀 그 모욕감을 완벽하게 기억했다. 게다가 바로 그래서 그는 그때, 부모님이 데리고 있던 포르투갈 태생 하녀의 약간 우스꽝스러운 이름에 영감을 받아 임마쿨라타, 즉 때묻지 않은 여자라는 풍자적이면서도 우울한 별명을 그녀에게 붙여 주었던 것이다. 그녀의 편지에 그는 좋지 않게 반응했으며(묘한 일이다. 이십여 년이 지나서도 그는 옛 패배를 아직도 완전히 삭이지 못했다.) 답장하지 않았다.

그의 침묵은 그녀를 당혹시켰고 다음 편지에서 그녀는 그가 자기에게 썼던 엄청난 양의 연애 편지들을 그에게 상기시켰다. 그 어느 한 편지에서 그는 그녀를 "나의 꿈을 어지럽히는 밤 새"라 불렀다. 오래전에 잊힌 이 문구는 그에게 참을 수 없을 만큼 어리석게 여겨졌으며 그녀가 새삼 이를 상기시킨 것을 무례하다고 생각했다. 나중에 그에게 흘러든 소문들을 통해 그는 자기가 텔레비전에 등장할 때마다 자신이 한 번도 더럽힌 적 없는 그 여자가 어디선가 저녁 식사를 하며 지난날 저 유명한 베르크가, 자신이 그의 꿈들을 어지럽혔기에 잠 못 이루곤 했다며 그의 천진한 사랑에 대해 종알거린다는 걸 알았다. 그는 자신이 대책 없이 발가벗겨진 느낌이었다. 생애 처음으로 그는 익명성에 대한 강렬한 욕구를 맛보았다.

세 번째 편지에서 그녀는 그에게 한 가지 봉사를 요청했다. 그녀를 위해서가 아니라 그녀의 이웃집 여인, 어느 병원에서 매우 부당한 처우를 받았던 가엾은 여인을 위해서. 그 여자는 마취를 잘못해서 죽을 뻔했을 뿐 아니라, 일체의 손해 배상도 거부당했다는 것이다. 아프리카 아이들을 그토록 잘 보살핀 베르크라면 제 나라 서민들, 비록 그에게 텔레비전에 나가 으스댈 어떤 기회도 제공해 주지 않은 사람들이지만 그들에게도 관심을 기울일 수 있음을 입증해 달라는 요청이었다.

나중에는 임마쿨라타의 이름을 들먹이며 그 여자가 직접 그에게 편지를 썼다. "……기억하시지요, 선생님. 당신이 당신의 밤들을 어지럽히는 때묻지 않은 성처녀라 적었던 그 젊은 아가씨를." 이럴 수도 있는가!? 이럴 수도 있는가!? 아파트 자기 집의 이편 끝에서 저편 끝으로 내달으며 베르크는 으르렁거리고 고함을 질렀다. 그는 편지를 찢고 그 위에 침을 뱉어 휴지통에 내던져 버렸다.

어느 날 그는 어느 방송국장으로부터 한 여자 연출가가 그의 초상을 만들고 싶어 한다는 것을 알았다. 발끈해서 그는 텔레비전에 나가 으스대려는 욕망에 대한 그 조롱조의 지적을 떠올렸는데, 왜냐하면 그를 영상에 담고자 한 그 여자 연출가, 그녀는 바로 그 밤 새, 임마쿨라타라는 여자였기 때문이다! 화가 치미는 상황. 원칙상으로 그는 그에 관한 드라마를 만들자는 제의를 훌륭한 생각으로 여겨 왔으며 그것은 그가 늘 자신의 인생을 한 편의 예술 작품으로 바꾸고자 한 까닭이었다. 하지만 이때까지만 해도 그는 그 작품이 희극 장르에 속할 수도 있다는 점은 생각조차 못 했던 것이다! 돌연히 노출된 이 위험 앞에서 그는 임마쿨라타를 자신의 인생으로부터 가능한 한 멀리 떼 놓고자 했으며 그리하여 자기처럼 젊고 그리 중요하지도 않은 사람에게 너무 이른 일이라며, 이 계획을 연기해 줄 것을 국장(그의 겸손함에 몹시 놀란)에게 부탁했다.

14

이 이야기는 내가 구자르의 아파트 사면 벽을 뒤덮은 서재 덕택에 알게 된 다른 한 이야기를 상기시킨다. 언젠가 내가 그의 면전에서 우울한 심사를 한탄하고 있을 때, 그는 자신이 손수 '본의 아닌 유머의 걸작들'이라 적어 붙인 서가 하나를 내게 가리키더니 짓궂게 미소지으며, 거기서 책을 한 권 뽑아냈는데, 그것은 1972년에 파리의 한 여자 저널리스트가 키신저에 대한 사랑을 쓴 책으로, 아마 여러분도 당대의 가장 유명한 정치가, 닉슨 대통령의 자문위원, 미국과 베트남 간의 평화를 정착시켰던 그 이름을 아직은 기억할 것이다.

그 이야기는 이렇다. 그녀는 처음엔 잡지용으로, 나중엔 텔레비전용으로, 인터뷰를 위해 워싱턴에서 키신저를 만난다. 그들은 여러 차례 만나나 엄밀히 직업적인 관계의 한계를 한번도 넘어선 적이 없다. 방송을 준비하기 위해 한두 번 저녁 식사를 같이한 일, 백악관 그의 사무실을, 그의 사택을, 홀로 그리고 연출진을 대동하고 몇 번 방문한 일 등. 차츰 키신저는 그녀에게 혐오를 느낀다. 그는 어리석지 않고, 일이 어찌 돌아가는지를 그도 알며, 그리하여 그녀를 멀리하기 위해, 권력이 여자들에게 갖는 매력에 대해서나 일체의 사생활을 거부하도록 강요하는 자신의 직책에 대해서 의미심장한 몇 마디를 그녀에게 들려준다.

그녀는 그의 그 모든 회피 행위를 감동적일 만큼 진지하게 전하는데, 그들이 서로 운명적으로 맺어진 관계라는 요지부동의 확신이 있었기에 그 같은 태도에 낙담하지는 않았다. 그가 신중하고 경계하는 태도를 보인다고? 그녀는 이것이 놀랍지 않다. 그가 예전에 알았던 그 끔찍한 여자들을 생각해야 한다는 걸 그녀는 잘 안다. 그녀가 그를 얼마나 사랑하는지 그가 이해하는 순간 그는 고뇌를 떨칠 것이요, 그 조심스러운 태도들을 포기할 것임을 그녀는 확신한다. 아, 그녀는 자신의 사랑이 순결함을 너무나 확신하는 것이다! 그녀는 그에게 맹세까지 할 수 있을 것이다. 그녀에게는 추호도 성적 강박 관념의 문제가 아니라는 것을. "성적인 면에서는 나는 그에게 무관심했다."라고 그녀는 적었으며 몇 번이나 되풀이한다.(묘한 모성애적 사디즘으로.) 그는 옷을 잘 입지 못하고, 잘생기지도 않았고, 여성에 관한 한 악취미가 있고, "그는 참 못난 정부일 수밖에 없는 사람이었다."라고 평하면서도 그래서 더욱 그를 사랑하노라고 선언한다. 그녀에겐 두 아이가 있고, 그도 역시 그러하며, 그가 눈치채지 못하게, 그녀는 코트다쥐르에서 함께하는 휴가를 계획하고는 이로써 키신저의 두 아이가 편히 불어를 배울 수 있게 된 것을 기뻐한다.

어느 날 그녀가 키신저의 아파트를 촬영하도록 제작진을 보내자 더는 참지 못하고서 그는 그들을 성가신 패거리인 양 내쫓아 버린다. 또 한 번은 그가 그녀를 사무실로 소환하여 놀라울 만큼 엄하고 싸늘한 목소리로 그녀가 자신에게 보이는 그 수상쩍은 행동거지를 더는 참지 않을 것이라고 말한다. 처음에는 그녀는 절망의 절정에 이른다. 하지만 금세 그녀는 속으로 이렇게 중얼거리기 시작한다. 의심할 바 없이 사람들은 그녀가 정치적으로 위험하다고 판단하며 키신저는 대간첩조직으로부터 더 이상 그녀를 접촉하지 마라는 지침을 받았다. 지금 그들이 있는 그 사무실은 도청 장치들로 가득하며 그도 이를 안다. 믿을 수 없을 만큼 잔인한 그 말들, 결국 이 말들의 대상은 그녀가 아니라 이를 듣고 있는 그 보이지 않는 경찰들인 것이다. 그녀는 사려 깊고 우수 어린 미소를 지으며 그를 바라본다. 이 무대가 그녀에겐 비극적(이는 그녀가 상용하는 형용사다.) 아름다움으로 빛나는 것 같다. 그는 그녀에게 주먹질을 가할 수밖에 없으나 동시에 그 시선들을 통해 그녀에게 사랑을 얘기하는 까닭이다.

구자르는 웃지만 나는 그에게 말한다. 사랑에 빠진 그 여인의 몽상 뒤로 투영되는 실제 상황의 자명한 진실은 그가 생각하는 것만큼 중요한 게 아니라고, 그것은 그저 속되기만 한, 하잘것없는 진실일 뿐, 보다 고양된 그리고 세월을 이겨 낼 또 다른 진실 앞에서 빛을 잃고 말 것이라고. 바로 책의 진실 앞에서. 이미 그녀가 자신의 우상과 한 첫 면담 때부터, 그 책은 거기, 두 사람 사이의 작은 테이블 위에 보이지 않게, 당당히 놓여 있었으며 그 순간 이후, 그녀의 모든 사랑 모험을 이끈 무의식적이고 시인할 수 없는 목표였던 것이다. 책? 왜 책을 쓴단 말인가? 키신저의 초상을 그리기 위해서? 천만에, 그녀에겐 그에 관해 할 말이 전혀 없었다! 그녀가 마음 깊이 간직한 것, 그것은 자신에 관한 그녀 자신의 진실이었다. 그녀는 키신저를 욕망하지 않았고 그의 몸("그는 참 못난 정부일 수밖에 없는 사람이었다.")은 더욱 그랬다. 그녀의 욕망은 자아를 확장하는 것, 자아를 그녀 인생의 그 협소한 굴레로부터 빠져나오게 하고, 자아를 반짝이게 하고, 자아를 빛으로 탈바꿈시키는 것이었다. 그녀에겐 키신저가 어떤 신화 속의 말, 그녀의 자아가 천공을 가르는 거대한 비상을 위해 올라탈 그런 날개 달린 말이었던 것이다.

"그녀는 얼간이였어."라고 나의 멋진 설명을 비웃으며 구자르가 건조하게 결론 내린다.

"천만에." 내가 말한다. "증인들이 그녀의 총명함을 확언해. 문제는 아둔함이 아니라 다른 무엇이지. 그녀에겐 선택되었다는 확신이 있었어."

15

선택되었다는 것은 신학적 개념이다. 아무런 공덕 없이, 어떤 초자연적 평결에 의해, 신의 자유로운, 또는 변덕스러운 의지에 의해, 예외적이고 범상찮은 뭔가로 뽑혔다는 것. 바로 이러한 확신 안에서 성자들은 더할 수 없이 잔혹한 형벌들을 견뎌 내는 힘을 길렀다. 이 같은 신학적 개념들은 각각 나름대로 모방되어 우리 인생의 사소한 일들에 반영된다. 우리 모두는 저마다 너무나 평범한 삶의 저열함을 (다소간) 괴로워하며 이로부터 벗어나 스스로를 고양하고자 한다. 우리 모두가 제각기 그 같은 고양에 합당하다는, 이를 위해 선택되었고 예정되었다는 (다소 강렬한) 환상을 경험했다.

선택되었다는 감정은 예를 들면, 모든 연애 관계에 나타난다. 왜냐하면 사랑은 그 정의상, 공덕 없이 받는 선물인 까닭이다. 공덕 없이 사랑받는다는 것, 이는 진정한 사랑의 증거이기도 하다. 만약 어떤 여인이 내게, 네가 똑똑하기 때문에, 네가 정직하기 때문에, 네가 선물들을 사 주기 때문에, 네가 외도를 하지 않기 때문에, 네가 설거지를 해 주기 때문에 너를 사랑해라고 말한다면 나는 실망한다. 이 사랑은 뭔가 이해관계에 의한 것인 듯하다. 한편 이런 말들은 얼마나 듣기 좋은가. 비록 네가 똑똑하지도 정직하지도 않고, 비록 네가 거짓말쟁이고 이기적이고 개자식이라도 난 널 미치도록 사랑해.

아마 인간이 선택 받았다는 환상을 처음으로 알게 되는 것은 젖먹이 때, 그가 공덕 없이 받으면서 기세도 좋게 요구하던 어머니의 보살핌 덕택일 것이다. 교육이 이 같은 환상을 떨치게 하고 인생 만사가 대가를 요구한다는 것을 그에게 깨닫게 해 줄 것이다. 하지만 너무 늦고 마는 경우가 허다하다. 열 살짜리 소녀가 자기 의사를 제 친구들에게 강요하기 위해 별안간 논의하다 말고 설명할 수 없는 자존심을 드러내며 큰 소리로 이렇게 말하는 것을 분명 여러분도 보았을 것이다. "바로 내가 너에게 그렇게 말하기 때문이야." 혹은 "바로 내가 그걸 원하기 때문이야." 그 소녀는 자신이 선택 받았다고 느낀다. 하지만 어느 날 그녀가 "바로 내가 그걸 원하기 때문이야."라고 말할 때 주변 사람들 모두가 웃음을 터뜨릴 것이다. 자신이 선택된 사람임을 원하는 자, 그가 자신의 선택됨을 입증하기 위해, 자신이 일반의 통속성에 속하지 않음을 스스로 믿고 타인에게도 믿게 하기 위해 할 수 있는 일은 무엇인가?

바로 여기서 사진술의 발명에 토대를 둔 시대가 스타들, 춤꾼들, 유명 인사들과 함께 그를 도우러 오는데, 거대한 화면에 투영된 그들의 모습은 멀리서 모두에게 보이고, 모두에 의해 찬미 받으며 또한 모두에게 이를 수 없기도 하다. 유명 인사들에 대한 숭배적 고착에 의해 자신을 선택된 자로 여기는 자는 자신이 비범한 것에 속함을 공개적으로 표명하는 동시에 범속한 것에 대한, 구체적으로 말하자면 더불어 살 수밖에 없는 이웃들, 학교 동료들, 파트너들에 대한 자신의 거리감을 공개적으로 표명한다.

이런 식으로 유명 인사들은 사회보장청 같은, 보험사 같은, 정신요양원 같은, 보건 기구들 같은 일종의 공공 기구가 되었다. 하지만 사실 그들은 영원히 이를 수 없는 존재라는 조건에서만 유익하다. 만약 누가 어떤 유명인과 직접, 개인적으로 접촉함으로써 자신이 선택 받았음을 확인하고자 한다면, 키신저를 사랑한 여인이 그리되었듯이 되쫓겨날 위험을 범하게 된다. 이 되쫓겨남, 신학 용어로는 이를 전락이라 한다. 바로 그래서 키신저를 사랑한 여인은 자신의 책에서 분명하고도 적절하게 자신의 '비극적' 사랑을 말했는데, 왜냐하면 전락이란, 이에 웃음을 터뜨리는 구자르의 견해에도 불구하고, 정의상 비극적인 것이기 때문이다.

자신이 베르크를 사랑함을 깨닫게 된 순간까지는, 임마쿨라타는 여느 여자들과 같은 삶을 살았다. 결혼 몇 번, 이혼 몇 번, 한결같이 평화롭고 감미롭기까지 한 실망만을 안겨준 몇몇 정부들. 그녀의 마지막 정부가 유난히도 그녀를 연모한다. 그녀는 그의 맹종은 물론 유용성 때문에 다른 누구보다도 그를 잘 참아 준다. 그는 그녀가 텔레비전에서 일하기 시작했을 때 그녀를 많이 도와준 카메라맨이다. 그는 그녀에 비해 약간 늙었으나, 그녀를 연모하는 영원한 학생 같은 데가 있다. 그는 그녀를 누구보다도 아름답고 누구보다도 지적이며 (특히) 누구보다도 예민하다고 여긴다. 사랑하는 여인의 그 감수성이 그에게는 독일 낭만파 화가의 한 풍경처럼 보인다. 상상할 수 없을 만큼 뒤틀린 나무들이 점점이 있고 그 위로 아득하고 푸른 하늘, 신의 거처가 펼쳐진 풍경. 이 풍경 속으로 들어갈 때마다 그는 마치 어떤 신의 기적을 대하듯 무릎을 꿇고 거기 머무르고 싶은 견딜 수 없는 욕구를 느낀다.

16

홀이 점차 채워지고 있는데, 프랑스 곤충학자들이 대부분이나 더러 외국인들도 있으며 그중 한 육십 대 체코인에 대해 사람들은 그가 신정부 주요 인사라고, 아마 장관 혹은 학술원 원장이거나 아니면 적어도 그 학술원 소속 연구원은 될 거라고 말한다. 어쨌든 단순한 호기심에서일지라도 그는 이 모임에서 가장 흥미로운 인물이다.(그는 공산주의가 시대의 밤 속으로 사라진 이후 역사의 새로운 시기를 대변한다.) 그런데도 수다 떠는 군중 한가운데서 우두커니 어색하게 그는 완전히 외톨이로서 있다. 한참 전부터 사람들은 그에게 달려들어 악수를 청하고 이런저런 질문들을 던져 댔으나 언제나 논의는 그들의 예상보다 너무 일찍 끝나 버렸으며, 처음 네 문장만 주고받고 나면, 그들은 무슨 얘기를 더 해야 할지 몰랐다. 왜냐하면 결국 공통 주제가 없었기 때문이다. 프랑스인들은 잽싸게 그들의 문제로 되돌아갔으며, 그는 그들을 좇고자 했고, 이따금씩 "우리나라에서는 정반대요."라고 덧붙여 보았는데, 그러다가 아무도 그 "우리나라에서는 정반대"로 벌어진 일에 관심을 갖지 않는다는 것을 깨닫고는 씁쓸하지도 불행하지도 않은, 오히려 명철하고 오만하기까지 한 우울로 얼굴을 가린 채 사람들에게서 멀어졌던 것이다.

사람들이 바가 딸린 그 홀로 소란스럽게 모여드는 동안, 그는 긴 테이블 네 개가 사각형으로 배치되어 학술 대회의 개막을 기다리고 있는 빈 방으로 들어갔다. 문 입구에 방문객 명부가 놓인 작은 테이블이 하나 있고 자기만큼이나 쓸쓸해 뵈는 아가씨가 한 명 있다. 그는 그녀 쪽으로 몸을 기울여 자기 이름을 댄다. 그녀는 그에게 이름을 두 번이나 더 말하게끔 한다. 차마 세 번까지는 요구를 못 하겠는지, 그녀는 명부에서 방금 자기가 들은 발음에 흡사해 보이는 이름을 무턱대고 찾기 시작한다.

아버지 같은 자상한 배려로 체코 학자는 명부 위로 몸을 기울이더니 거기서 자기 이름을 찾아낸다. 그 위에 그가 검지를 놓는다. CECHORIPSKY.

"아, 세쇼리피 씨?"

그녀가 말한다.

"체-호-르집스-키라고 발음해야 합니다."

"아, 정말 쉽지 않군요!"

학자가 말한다.

"게다가 정확히 기록되지도 않았어요."

그는 테이블 위에 놓인 만년필을 쥐고서 C 자와 R 자 위에 부호 ^가 뒤집어진 형상의 작은 기호를 긋는다. 비서는 그 기호들을 바라보고, 학자를 바라보다가 탄식한다.

"참 복잡하네요!"

"정반대죠, 아주 간단합니다."

"간단하다고요?"

"얀 후스를 아십니까?"

비서가 잽싸게 방문객 명부 위로 눈을 던지자 체코 학자가 서둘러 설명을 한다. "아시다시피 그는 위대한 종교 개혁가였죠. 루터의 선구자. 신성로마제국에 세워진 최초의 대학이었던 카를 대학 교수였소, 아시다시피. 하지만 당신이 모르는 것은, 얀 후스가 또한 위대한 철자 개혁자이기도 했다는 거죠. 그는 철자를 경이로울 만큼 단순화하는 데 성공했어요. 당신이 '체'라고 발음하는 것을 쓰려면 당신은 t, c, h라는 문자 셋을 사용하지 않을 수 없지요. 독일인들에겐 심지어 네 개가 필요합니다. t, s, c, h. 그런 반면 얀 후스 덕택에 우리, 우리에게는 c라는 문자 하나 위에 요 작은 기호를 붙이는 걸로 족하죠."

학자는 다시 한 번 비서의 테이블 위로 몸을 기울이더니 명부 가장자리에 아주 커다랗게 C를 하나 쓰고는 그 위에 뒤집힌 ^를 붙인다. Č. 그리고 나서 그는 그녀의 눈을 바라보며 맑고 아주 분명한 목소리로 발음한다. "체!"

비서가 그의 눈을 바라보며 따라 한다. "체."

"옳지. 완벽해!"

"정말 매우 실용적이군요. 루터의 개혁이 당신 나라에만 알려진 건 유감스러운 일이에요.”

“얀 후스의 개혁이⋯⋯.” 프랑스 아가씨의 실언을 짐짓 듣지 못한 체하며 학자가 말한다. “⋯⋯전혀 알려지지 않았던 건 아니에요. 그것을 적용한 다른 나라도 있는데⋯⋯ 당신도 알지요, 그렇지 않습니까?”

“아뇨.”

“리투아니아.”

“리투아니아.” 하고 비서가 따라 하더니, 이 세상 어느 구석에 그런 나라가 있는지 기억을 더듬어 보지만 헛일이다.

“그리고 레토니아에서도. 당신도 이제는 우리 체코인들이 문자 위의 그 기호에 어째서 그렇게 긍지를 느끼는지 이해할 거예요. (미소 지으며) 우리는 뭐건 배반할 수 있어요. 하지만 이 기호들을 위해서라면, 마지막 피 한 방울만 남을 때까지라도 싸울 거예요.”

그는 아가씨에게 정중하게 허리를 굽혀 보이고는 사각으로 놓인 테이블 쪽으로 간다. 각각의 의자 앞에 이름이 적힌 작은 카드가 한 장씩 있다. 그는 제 카드를 찾아 한참 바라보다가 손가락 사이에 끼워 잡고는, 침울한 그러나 용서하는 미소를 지으며, 그것을 비서에게 보여 주러 온다.

그사이 다른 곤충학자 한 사람이, 아가씨가 제 이름 옆에 십자표를 하도록 입구 테이블 옆에 멈춰 선다. 그녀가 체코 학자를 보더니 말한다. “잠깐만 기다리세요, 치피키 씨!”

학자는 이렇게 말하려는 듯 관대한 몸짓을 해 보인다. 염려 마세요, 아가씨, 난 급하지 않으니까. 참을성 있게, 그리고 어딘지 감동적인 겸손한 태도로 그는 테이블 한쪽 켠에서 기다리다가 (두 곤충학자가 거기서 또 멈춰 섰다.) 비서가 마침내 자유로워지자 그녀에게 그 작은 카드를 내보인다.

"보세요, 재미있지요, 그렇잖습니까?"

그녀는 쳐다보지만 특별히 깨닫는 게 없다. "하지만 체니피키 씨, 여기 이 기호들, 당신 이름에 있는 것들 아닌가요!"

"사실이에요, 하지만 이들은 그냥 기호가 아닙니까! 그것을 뒤집는 걸 잊어버렸단 말입니다! 그리고 그것들을 어디에 얹었는지도 보세요! E와 O 위에다 얹었어요! Cêchôripsky!"

"아, 그렇군요, 당신 말이 맞군요!"

비서가 분개한다.

"대체 어째서 사람들이 늘 이것들을 까먹는지 난 궁금합니다." 체코 학자가 점점 더 침울한 어조로 말한다. "이 뒤집어진 기호들, 이들이 얼마나 시적인가요! 그렇게 생각하지 않습니까? 날아가는 새들 같기도 하고! 날개 펼친 비둘기들 같기도 하고! (매우 부드러운 목소리로) 혹은 당신이 좋다면, 나비들 같기도 하지 않습니까."

그러고 나서 그는 다시 테이블 위로 몸을 숙이고는 만년필을 집어 카드 위의 제 이름 철자를 수정한다. 마치 사죄하는 사람처럼 이 일을 매우 겸손한 태도로 해내고는, 아무 말 없이 그는 떠나간다.

비서는 큰 키에 이상할 만큼 기형적인 그가 떠나가는 모습을 바라보다가 모성애가 왈칵 솟아오름을 느낀다. 그녀는 뒤집힌 기호 하나가 나비로 변해 학자 주위를 팔랑팔랑 날다가 이윽고 텁수룩한 그의 흰 머리 위에 앉는 모습을 상상한다.

자신의 의자를 향해 가다가 체코 학자는 고개를 돌려 비서의 그 감격한 미소를 본다. 그는 자신도 미소로 답하고는 계속 나아가면서, 그녀에게 세 번이나 더 미소를 보낸다. 우울하면서도 긍지에 찬 미소들이다. 우울한 긍지. 바로 이렇게 우리는 그 체코 학자를 정의할 수 있을 것이다.

17

그가 제 이름자 위에 기호들이 잘못 놓인 것을 보고 우울해 했다면, 그거야 누구라도 이해할 것이다. 한데 그의 그 긍지는 어디서 뽑아낸 것일까?

그의 생애 이력의 주요 골자는 이렇다. 1968년 러시아 침공 일 년 뒤 그는 곤충학 협회에서 제명되었으며 건축 공사장 노동자로 일해야 했는데, 1989년 점령 통치가 끝날 때까지 거의 이십 년 동안이나 일한 셈이다.

하지만 수백, 수천 사람들이 미국에서, 프랑스에서, 스페인에서, 도처에서 끊임없이 자신들의 일자리를 잃지 않는가? 그들은 이를 괴로워하지만 거기서 어떤 긍지도 뽑아내지 않는다. 어째서 체코 학자는 긍지에 찼고 다른 이들은 아니란 말인가?

그것은 그가 경제적인 이유가 아니라 정치적인 이유로 직무에서 추방된 까닭이다.

그렇다고 치자. 그렇다면 이 경우 어째서 경제적 이유로 야기된 불행이 덜 중요하고 덜 심각한지를 설명해야 한다. 상사 마음에 들지 않았다는 이유로 해고된 사람은 수치를 느껴야 하는 반면 자신의 정치적 견해 때문에 직위를 잃은 자에겐 이를 자랑스러워할 권리가 있는 것인가? 어째서?

경제적 이유로 해고된 경우, 해고된 자는 수동적 역할을 하고 그의 태도에 칭찬할 만한 어떤 용기도 없는 까닭이다.

이는 자명해 보이나 그렇지가 않다. 1968년 이후 직무에서 추방된 체코 학자 역시, 러시아 군대가 그 나라에 매우 가증스러운 체제를 정착시켰을 때, 용기 있는 어떤 행동도 수행한 적이 없는 까닭이다. 학회의 한 부서 책임자로서 그는 다만 파리들에 관심이 있었을 뿐이다. 어느 날 느닷없이 반체제 인사 십여 명이 사무실로 쳐들어와 자기들이 비밀 집회를 할 수 있도록 방 하나를 이용하게 해 달라고 요구했다. 그들은 도덕 씨름의 규칙에 따라 행동했다. 그들 스스로 소규모 관찰자 대중을 이루어 느닷없이 들이닥친 것이다. 이 뜻밖의 대면에 학자는 완전히 당혹했다. "예."라고 말하면 즉각 아주 고약한 위험을 초래할 것이다. 자신의 직위를 잃을 수 있고, 자녀 셋이 대학 입학을 금지당할지도 모른다. 하지만 진작부터 그의 소심함을 비웃는 그 작은 대중에게 "아니요."라고 말할 만한 용기가 그에겐 없었다. 결국 그는 동의하고 말았으며 자신에 대해, 자신의 소심함, 자신의 나약함, 자포자기하지 않을 수 없는 자신의 무능에 대해 모멸감을 맛보았다. 결국 정확히 보자면, 뒤이어 그가 직무에서 쫓겨나고 자녀들이 학교에서 추방된 것은 그의 비겁함 때문인 것이다.

그게 그렇다면, 젠장 대관절 어째서 그가 긍지를 느낀단 말인가?

시간이 흐를수록 점점 그는 그 반체제 인사들에 대한 자신의 격렬한 반감을 잊어버렸으며, 당시 그의 "예." 안에서 자유롭고 의지적인 행위, 증오하는 권력에 대한 자신의 개인적 반항의 표현을 보는 데 익숙해졌다. 이리하여 그는 자신이 역사의 위대한 무대 위에 오른 자들에 속한다고 믿으며 바로 이 확신에서 자신의 긍지를 길어 내는 것이다.

한데 사실은, 끊임없이 무수한 사람들이 무수한 정치적 갈등들에 연루되며 따라서 그들 또한 역사의 위대한 무대 위에 오른 자신에 대해 긍지를 느낄 수 있지 않겠는가?

나의 주장을 분명히 할 필요가 있다. 그 체코 학자의 긍지는 그가 아무 때나 역사의 무대에 오른 게 아니라 그 무대가 밝게 조명된 바로 그 순간에 올랐다는 사실에 기인한다. 역사의 조명된 무대, 그것은 지상의 역사적 뉴스라 불린다. 투광기들에 의해 조명되고 카메라들에 의해 관찰된, 1968년의 프라하는 둘도 없는 지상의 역사적 뉴스거리였으며 체코 학자는 오늘까지도 이마에 그 입맞춤을 느끼며 긍지를 갖는 것이다.

하지만 큰 상업적 협상, 이 세계 주요 국가들의 정상 회담, 이들 역시도 주요 뉴스들이며, 이들 역시 조명되고, 촬영되고, 논평이 따른다. 한데 어째서 그것들은 그 배우들에게 긍지에 찬 느낌을 일깨우지 않는 것일까?

나는 서둘러 마지막 해명을 시도한다. 체코 학자는 대수롭지 않은 지상의 역사적 뉴스의 은총을 받았던 게 아니라 사람들이 숭고하다 일컫는 뉴스의 은총을 받았다. 뉴스가 숭고한 때는 무대 안쪽에서 요란한 총성이 울리고 그 위로 죽음의 대천사가 배회하는 동안 무대 전면의 사람이 고통 받을 때다.

따라서 결정적 표현은 이렇다. 그 체코 학자는 숭고한 지상의 역사적 뉴스의 은총을 받았다는 데서 긍지를 느낀다. 그는 바로 이 은총이 그와 함께 대회장에 참석한 저 노르웨이인과 덴마크인, 프랑스인과 영국인으로부터 자신을 구별해 줌을 잘 안다.

18

회장석 테이블에 자리가 하나 있고 거기서 연사들이 번갈아 발표를 한다. 그는 그들의 말을 듣지 않고 있다. 그저 차례를 기다리며 이따금 주머니 속의 그 짧은 연설 원고 다섯 쪽을 만지작거리는데, 그것이 그리 대수로운 게 아님을 그는 잘 안다. 이십 년 동안이나 학술 작업에서 멀어져 있었기에, 다만 그는 이미 발표했던 것, 젊은 연구원 시절 그가 발견했고 그가 프라하 파리라고 명명했던 신종 파리들에 관해 썼던 것을 요약할 수밖에 없었다. 이윽고 회장이 분명 그의 이름을 의미하는 듯한 음절들을 발음하는 소리를 듣고서 그는 몸을 일으켜 연사들을 위한 그 자리로 간다.

그가 이동하는 데 걸리는 그 이십여 초 사이, 뜻밖의 뭔가가 그에게 일어난다. 맙소사, 그토록 많은 세월을 보낸 뒤에 또다시 그는, 그가 존중하고 그를 존중하는 무리들 속에, 그와 가

까웠지만 운명이 그를 추방해 버린 그 학자들의 무리 속에 있
게 된 것이다. 그는 자신이 향해 가던 그 빈 의자 앞에 멈춰 서
서 앉지 않는다. 한 번쯤은 그도 자신의 감정을 좇고 싶고, 즉
흥적으로 자신의 느낌을 낯선 동료들에게 말해 주고 싶다.

"친애하는 신사 숙녀 여러분, 예기치 못한, 문득 나를 사로
잡는 감격을 여러분께 전함을 용서하십시오. 어언 이십여 년
의 부재 끝에 또다시 저는 같은 문제들에 대해 숙고하는 사람
들, 같은 열정에 불타는 사람들의 모임에서 발언할 수 있게 되
었습니다. 저는 사람이 자기 생각을 큰 소리로 외쳤다는 이유
만으로, 과학자에게 인생의 의미란 과학뿐이라는 점에서, 인
생의 의미 자체를 박탈당할 수도 있던 나라에서 왔습니다. 여
러분도 아시다시피 수많은 사람들, 제 조국의 지식인 계급 전
체가 1968년의 그 비극적 여름 이후 공직에서 추방당했습니
다. 불과 육 개월 전까지도 저는 공사장 노동자로 일했습니다.
물론 그런 일이 모욕적일 건 전혀 없으며, 많은 것을 배우고,
칭찬할 만한 그 단순한 사람들과 우애도 나누고, 또 우리, 과
학자들이 특권을 누리는 사람들임을 깨닫기도 했는데, 노동
이 곧 재미이기도 한 그런 일을 한다는 것, 그것은 특권, 그렇
습니다, 친구들이여, 그것은 그 공사장에서 함께 일한 저의 동
료 노동자들로서는 결코 알지 못할 특권입니다. 들보들을 재
미 삼아 짊어질 수는 없기에 말입니다. 이 특권은 본인에게 이
십 년 동안이나 거부되었으며, 지금 다시 그 특권을 가졌기에
저는 감격에 취했습니다. 그러니 친애하는 친구들이여, 여러
분은 어째서 지금 제가 이 순간들을 참으로 축제처럼 맞고 있

는지 이해하실 겁니다. 비록 이 축제가 저에겐 여전히 좀 우울하긴 하지만 말입니다.”

마지막 몇 마디를 토해 내면서 그는 눈에 눈물이 솟아오름을 느낀다. 이에 그는 약간 거북함을 느끼며, 늙은이가 되어 끊임없이 감동에 젖고 걸핏하면 눈물을 떨구던 아버지의 모습을 떠올렸지만, 곧 한 번쯤 기분 내키는 대로 해서 안 될 것도 없다고 속으로 중얼거린다. 저들도 필시 프라하의 작은 선물로 제공하는 자신의 격동을 명예롭게 느낄 것이다.

그의 생각은 틀리지 않았다. 청중, 청중 역시 감격했다. 그가 마지막 말을 마치기 무섭게 베르크가 일어나 박수를 쳤다. 카메라가 거기에 있어 그의 얼굴을, 박수를 치는 그의 두 손을 즉각 촬영하고, 그 체코 학자도 촬영한다. 대회장의 모든 청중이 느리거나 빠르게, 웃거나 심각한 얼굴로 자리에서 일어나 한결같이 손뼉을 쳐 대는데 이 연설이 몹시 흡족한 듯 도무지 그칠 줄 모르고, 체코 학자는 그들 앞에 우뚝, 매우 우뚝, 어색할 만큼 우뚝 서 있는데 그 어색함이 그의 키에서 빛날수록 더욱 그는 감동적이고 감격한 느낌이며, 그리하여 가능한 한 더욱 힘차게 박수를 쳐 대는 그의 모든 동료들이 보는 앞에서, 눈물이 더 이상 눈썹 아래 몰래 웅크리고 있지 못하고 그의 코 주위로, 입 쪽으로, 턱 쪽으로 장엄하게 흘러내린다.

이윽고 갈채가 가라앉고 사람들이 다시 자리에 앉자 체코 학자가 떨리는 목소리로 말한다. “감사합니다, 친구들이여, 진심으로 감사합니다.” 그는 허리 굽혀 절하고 나서 자기 자리로 간다. 그는 자신이 지금 인생의 가장 위대한 순간을, 영광의

순간, 그렇다, 영광, 어째서 이 말을 못 쓸까 보냐, 그런 순간을
맞았음을 알며, 자신을 위대하고 아름답게 느끼며, 자신이 유
명하다고 느끼며 그리하여 의자를 향한 이 행진이 장구하고
영원히 끝나지 않기를 갈망한다.

19

그가 의자를 향해 가는 동안 침묵이 실내를 지배하고 있었다. 아니, 침묵들이 실내를 지배하고 있었다고 말하는 것이 더욱 정확할 것이다. 그 여러 침묵들 가운데 학자가 알아보는 것은 다만 하나, 감격한 침묵. 그는 마치 소나타 곡에서 한 톤을 다른 한 톤으로 변화시키는 그런 느낄 수 없는 어떤 변조처럼 점진적으로, 그 감격한 침묵이 억지 침묵으로 변했음을 미처 깨닫지 못했다. 사람들은 모두 발음할 수 없는 이름의 이 신사가 스스로 너무나 감격하여 자기가 발견한 새로운 파리에 관한 발표 내용을 낭독하는 걸 까맣게 잊어버렸음을 깨달았다. 그리고 그에게 그걸 상기시키는 것이 예의가 아니란 것도 모두가 알았다. 오랜 망설임 끝에 학술 대회 회장이 마른기침을 하며 말한다. "체코쉬피 씨께 감사드립니다…….(그는 이 초대객에게 그 잊어버린 것을 생각할 마지막 기회를 주려는 듯 한참 동안 침

묵한다.) …… 그러면 다음 연사 나와 주십시오." 바로 그때 대
회장 저 안쪽에서 숨죽인 웃음 하나가 잠깐 침묵을 잘랐다.

자신의 사념에 잠겨 체코 학자는 그 웃음소리도, 동료의 발
언도 듣지 못한다. 다른 연사들이 계속 뒤를 이었고, 마침내
그와 마찬가지로 파리를 연구하는 한 벨기에 학자가 그를 명
상에서 깨어나게 한다. 맙소사, 연설하는 걸 잊어버리다니! 주
머니에 손을 넣어 보니 꿈이 아니라는 걸 증명하듯 발표문 다
섯 장이 거기 있다.

낯이 화끈거린다. 그는 자신을 우스꽝스럽게 느낀다. 아직
도 뭔가 구제할 수 있을까? 아니다, 그는 이젠 자신이 그 무엇
도 구제할 수 없음을 안다.

잠시 수치의 순간들이 지나자 묘한 생각 하나가 그를 위로
하러 온다. 그가 우스꽝스러운 건 사실이다. 하지만 그렇다고
여기에 뭔가 부정적이거나 수치스럽거나 불쾌할 건 전혀 없
다. 그에게 굴러떨어진 이 우스꽝스러움은 그의 삶에 내재하
는 우울을 더욱 강화해 주며, 그의 운명을 더한층 슬프게, 따
라서 더한층 위대하고 아름답게 해 주니까.

천만에, 긍지는 결코 체코 학자의 우울을 포기하지 않을 것
이다.

20

모든 모임엔 나름의 이탈자들이 있게 마련이며 뭔가 마시기 위해 그들은 구석방으로 몰린다. 뱅상, 곤충학자들의 얘기를 듣는 데 지쳤고 체코 학자의 그 묘한 성공이 만족스러울 만큼 재미있지도 않았기에 지금 그는 다른 이탈자들과 함께 홀에, 바 옆 긴 테이블 주변에 있다.

한동안을 침묵으로 보낸 뒤 그는 낯선 이들과 대화로 들어가는 데 성공한다. "나에게는 거칠게 대해 주길 원하는 여자 친구가 하나 있지요."

퐁트벵이 이런 말을 할 때는 잠시 뜸을 들여 모든 청중이 주의 깊은 침묵에 잠기게끔 한다. 뱅상도 바로 그런 뜸을 시도하는데 아니나 다를까, 그는 웃음 하나가, 커다란 웃음 하나가 솟아오름을 듣는다. 이에 용기를 얻어 두 눈을 빛내며, 그가 청중을 진정시키기 위해 손짓을 하는데 바로 그 순간, 그는 사람들이 모두 테이블 건너편을 바라보고, 서로 욕설을 주고받는 두 남자의 말다툼에 흥미를 느끼는 것을 확인한다.

일이 분 뒤, 그는 다시 자신의 말을 들리게 하는 데 성공한다. "나는 여러분들에게 내 여자 친구가 나의 거친 행동을 원한다는 얘기를 하고 있었습니다."

이번만은 사람들 모두가 그에게 귀를 기울이고 뱅상은 더 이상 뜸을 들이는 실수를 범하지 않는다. 그의 말을 중단하기 위해 그를 뒤쫓는 어떤 사람 앞에서 얼른 달아나야겠다는 듯 그는 점점 더 빨리 말한다. "하지만 난 그럴 수 없죠, 난 너무 섬세하니까, 그렇잖습니까." 그러고는 이 말에 대한 대답으로 그 스스로 웃음을 터뜨린다. 제 웃음에 메아리가 없음을 확인하고서 그는 서둘러 말을 계속하면서 어조를 한층 더 빨리 한다. "내 집엔 종종 여자 타이피스트가 오는데, 내가 내용을 일러 주면……."

"그녀는 컴퓨터를 씁니까?" 문득 흥미를 느낀 한 사내가 그에게 묻는다.

뱅상이 대답한다. "예."

"어떤 상표지요?"

뱅상이 상표 하나를 댄다. 그 사내는 걸핏하면 그를 여러 가지로 골탕 먹이던 다른 상표의 컴퓨터와 자신이 겪었던 이야기를 늘어놓기 시작한다. 모든 사람이 웃고 수차례 폭소를 터뜨린다.

그러자 뱅상은 슬픈 심정으로, 자신의 해묵은 생각 하나를 떠올린다. 으레 사람들은 사내의 행운이 어느 정도 그의 외모로 결정된다고, 얼굴의 아름다움이나 추함으로, 키로, 혹은 머리숱의 많고 적음으로 결정된다고 생각한다. 틀린 생각이다. 모든 걸 결정하는 것은 바로 목소리다. 한데 뱅상의 목소리는 여리고 너무 뾰족하다. 그가 말을 시작하면 아무도 알아듣지 못하며, 그래서 그는 언성을 높일 수밖에 없고, 그러면 사람들은 모두 그가 고함을 지른다는 인상을 받는다. 반면에 퐁트벵은 그저 부드럽기만 한 어조로 말하며, 그의 낮은 목소리는 감미롭고 아름답고 힘차게 울리는데, 그래서 모든 사람들이 오직 그에게만 귀를 기울인다.

아, 빌어먹을 퐁트벵. 그는 일당들 모두와 함께 학술 대회에 참가하기로 약속했다가, 행동보다는 재담에 더 끌리는 천성대로 이에 흥미를 잃어버렸다. 한편으로 뱅상은 실망했으며, 다른 한편으로 그는 스승의 엄명을 배반하지 말아야 한다는 더욱 큰 의무감을 느꼈는데, 떠나기 전날 밤 스승은 그에게 이렇게 말했다. "자넨 우리를 대표해야 해. 우리의 공통 입장을 위해, 우리의 이름으로 행동할 전권을 자네에게 주겠어."

물론 그것은 익살스러운 명령이었으나 가스코뉴 카페 일당은 이 덧없는 세상에서 오직 익살스러운 명령들만이 따를 만한 것임을 납득했다. 자신의 회상 속, 뱅상은 치밀한 퐁트벵의 머리 곁에서, 그 말에 찬동하여 미소 짓는 마추의 거대한 입을 본다. 그 메시지와 그 미소에 힘입어 그는 행동하기로 결심한다. 그는 주위를 바라보다가, 바를 에워싼 무리 속에서 마음에 드는 젊은 아가씨 하나를 발견한다.

21

곤충학자들은 묘한 쌍놈들이다. 그들은 그 젊은 아가씨가, 필요할 땐 웃고 또 그들이 심각한 체할 땐 그럴 마음의 자세로, 이 세상 누구보다도 열심히 그들 애기를 듣고 있는데도 그녀를 홀대한다. 얼핏 보기에 그녀는 이 자리에 참석한 사람들을 아무도 모르며, 아무도 의식하지 않는 그녀의 그 열성적인 반응들은 겁에 질린 영혼을 숨기고 있다. 뱅상은 테이블에서 일어나 그 젊은 아가씨가 있는 무리 쪽으로 다가가서 그녀에게 말을 건다. 곧 그들은 다른 이들에게서 떨어져, 미리부터 쉽고 끝없을 게 예상되는 대화 속으로 빠져든다. 그녀의 이름은 쥘리이며, 타이피스트이고, 곤충학회 회장을 위해 작은 일을 하나 맡았었다. 오후부터 자유로워졌으나 그녀는 이번 기회에 사람들 틈에 끼어 이 유명한 성에서 하룻밤을 보내기로 했는데, 이들은 그녀를 주눅 들게 하지만 동시에, 어제까지만

해도 곤충학자라곤 본 적이 없기에 그녀의 호기심을 일깨우
기도 한다. 뱅상은 그녀에게 편안함을 느낀다. 목소리를 높일
필요도 없고, 오히려 다른 사람들이 그들 얘기를 듣지 못하도
록 목소리를 낮춘다. 곧 그는 서로 마주 보고 앉을 수 있는 작
은 테이블로 그녀를 이끌어 손을 그녀 손 위에 얹는다.
　"저기 말이지." 그가 말한다. "모든 건 목소리의 힘에 달린
일 같아. 잘생긴 얼굴보다 그게 더 중요해."
　"네 목소리는 예뻐."
　"그렇게 생각해?"
　"응, 그렇게 생각해."
　"하지만 여리잖아."
　"그래서 듣기가 좋아. 한데 내 목소린 늙은 까마귀처럼 까
각거리고, 삐걱거리고, 흉해. 그렇게 생각하지 않아?"
　"아냐." 뱅상이 상냥한 어조로 말한다. "난 네 목소리가 좋
아, 네 목소리에는 선동적이고, 무례한 데가 있어."
　"그렇게 생각해?"
　"네 목소리는 너와 같아!" 뱅상이 다정하게 말한다. "너 역
시 무례하고 선동적이야!"
　쥘리는 뱅상이 하는 그런 말이 듣기 좋기만 하다. "그래, 나
도 그렇게 생각해."
　"저 작자들은 멍청이들이야." 뱅상이 말한다.
　그녀의 생각이 바로 그렇다. "정말 그래."
　"잘난 체하는 치들. 부르주아들. 베르크 봤지? 그 얼간이!"
　그녀는 전적으로 동의한다. 그 사람들은 마치 눈에 뵈지 않

는다는 듯이 그녀를 대했다. 그녀가 들을 수 있는 그들에 대한 모든 공박은 그녀를 즐겁게 해 줄 뿐이어서, 그녀는 앙갚음하는 느낌이다. 뱅상에게 그녀는 갈수록 공감을 느낀다. 그는 잘생긴 청년이요, 쾌활하고 단순하며 잘난 체하는 치가 전혀 아니다.

"난 이곳을." 뱅상이 말한다. "한바탕 발칵 뒤집어 놓고 싶어……."

이도 쿵작이 잘만 맞는다, 반란의 약속이기에. 쥘리가 미소 짓는다. 그녀는 박수를 쳐 주고 싶다.

"네게 위스키 한 잔 가져다주겠어!" 그렇게 말하고서 그는 홀 저편 끝, 바 쪽으로 간다.

22

그사이 회장이 학술 대회 폐회를 선언하고, 참가자들이 소란스레 대회장을 나서서 금방 홀이 가득 찬다. 베르크가 체코 학자에게 접근한다. "난 매우 감동했습니다. 당신의 그……." 그는 그 체코 학자가 한 그런 연설을 지칭할 매우 세련된 용어를 찾기가 얼마나 어려운가를 느끼게 하려고 일부러 머뭇거린다. "……당신의 그…… 증언에 말입니다. 우리에겐 너무 빨리 잊어버리는 경향이 있어요. 내가 당신네 나라에서 일어난 일에 대단히 예민했다는 점을 확언해 두고 싶군요. 그 자체로는 긍지를 느껴야 할 이유가 별로 없는 유럽, 당신은 그 유럽의 긍지였어요."

체코 학자는 겸양을 표하기 위해 그의 말을 부인하는 애매한 몸짓을 해 보인다.

"아니, 부인하지 마세요." 베르크가 말을 계속한다. "난 꼭 말해 두고 싶어요. 당신들, 바로 당신들, 당신 나라의 지식인들, 공산주의 압제에 완강한 저항을 표명함으로써 당신들은 우리에게 결여되어 있던 어려운 용기를 보여 주었습니다. 자유에 대한 엄청난 갈증을 보여 주었어요. 자유에 대한 그 같은 용맹으로 당신은 우리가 좇아야 할 모범이 된 거라고까지 말하고 싶습니다. 게다가." 자신의 말에 어떤 공모의 표지, 어떤 친밀감을 부여하기 위해 그가 덧붙인다. "부다페스트는 훌륭한 도시, 생동하는, 그리고 이 점을 특히 강조하고 싶은데, 완전히 유럽적인 도시 아닙니까."

"프라하를 말씀하시는 건가요?"

체코 학자가 수줍은 듯이 말한다.

아, 저주 받을 지리학! 베르크는 지리학이 자기로 하여금 작은 실수를 범하게 했음을 깨달았으며, 한편 이 동료의 요령 없음에 치미는 노기를 삭이면서 그가 말한다. "물론 프라하를 두고 하는 얘기죠, 크라쿠프를 두고 하는 얘기이기도 하고, 소피아를 두고 하는 얘기, 상트페테르부르크를 두고 하는 얘기이기도 하죠, 난 거대한 수용소에서 갓 빠져나온 그 모든 동구 도시들을 생각하는 겁니다."

"수용소라 하지 마시죠. 우리가 종종 직장을 잃긴 했지만, 수용소에 있었던 건 아닙니다."

"이보세요, 동구의 모든 나라가 수용소로 뒤덮였어요! 실제 수용소건 상징적인 것이건, 중요하지 않아요!"

"그리고 동구라 말하지도 마세요." 체코 학자가 계속 이의를 단다. "당신도 아시다시피 프라하는 파리만큼이나 서구적인 도시입니다. 카를 대학, 14세기에 설립된 이 대학은 신성로마제국 최초의 대학이었습니다. 당신도 알다시피 바로 이 대학에서 루터의 선구자, 위대한 종교 개혁가이자 철자 개혁가 얀 후스가 강의를 했죠."

무슨 파리가 이 체코 학자를 물었단 말인가? 그는 부단히 대화 상대의 곡언을 수정해 대는데 이에 상대는, 비록 애써 목소리에 열의를 견지하고는 있으나 점점 화가 치민다. "이보시오, 동구 출신임을 부끄러워하지 마세요. 프랑스는 동구에 더없이 큰 우호감을 느낍니다. 19세기 당신들의 이주를 생각해 보세요!"

"우린 19세기에 이주한 적이 없습니다."

"그럼 미츠키에비치는? 난 그가 프랑스에서 두 번째 조국을 찾은 것에 긍지를 느낍니다!"

"하지만 미츠키에비치는……." 체코 학자가 또 이의를 제기하려 든다.

바로 그 순간 임마쿨라타가 무대에 등장한다. 그녀는 카메라맨을 향해 매우 힘찬 몸짓들을 해 보이더니 손짓 한 번으로 체코 학자를 밀쳐 내고는 그녀 자신이 베르크 곁에 자리 잡고 서 그에게 말을 건다. "자크 알랭 베르크……."

카메라맨이 어깨 위로 카메라를 다시 올리며 "잠깐만!" 하고 말한다.

임마쿨라타는 말을 멈추고 카메라맨을 쳐다보다가 곧 다시 베르크를 쳐다보며 "자크 알랭 베르크……." 하고 말한다.

23

한 시간 전에 베르크가 회의장에서 임마쿨라타와 그녀의
카메라맨을 보았을 때 그는 분노의 호통을 질러 주리라 생각
했다. 하지만 지금은 그 체코 학자가 돋운 분노가 임마쿨라타
가 돋운 분노를 눌러 버렸다. 이 성가신 이국 학자를 물리쳐
줘서 고맙다는 듯 그는 그녀에게 아리송한 미소를 보내기까
지 한다.

신이 난 그녀는 즐겁고 노골적일 만큼 친근한 목소리로 말
한다. "자크 알랭 베르크, 운명의 장난으로 당신도 한 가족이
된 이 곤충학자들의 집회에서, 지금 막 감격의 순간을 맞으셨
군요……." 그러고 나서 그녀는 마이크를 그의 입 쪽으로 들이
민다.

베르크는 마치 학생처럼 대답한다. "예, 우리는 오늘, 자신
의 직분에 헌신하는 대신 일생을 감옥에서 보내야만 했던 위

대한 체코 곤충학자 한 분을 우리들 가운데 맞이할 수 있었습니다. 우리 모두가 그의 참석에 감격했습니다.”

춤꾼이 된다는 것은 단순히 하나의 열정만은 아니며, 그것은 또한 한번 들어서면 다시는 벗어날 수 없는 도로이기도 하다. 뒤베르크가 에이즈 환자들과의 점심 식사 후 그를 모욕했을 때, 베르크는 공명심을 못 이겨 소말리아로 갔던 게 아니라 그가 실수한 춤 한 동작을 만회해야 한다고 느꼈기 때문에 그곳에 간 것이었다. 지금 이 순간 그는 자기가 말한 구절들에 싱거움을 느끼며, 거기에 뭔가가 결여되었음을, 소금 한 알, 뜻밖의 한 생각, 경악스러운 그 무엇이 결여되었음을 안다. 바로 그래서 말을 멈추는 대신 그는 계속 지껄여 대는데 이윽고 저 멀리서 그를 향해 기막힌 생각 하나가 다가오고 있음을 본다.“그리고 저는 이 기회에 여러분께 프랑스-체코 곤충학 협회를 창설하자고 제의하는 바입니다. (이 발상에 그 자신도 놀라, 곧 기분이 한결 좋아짐을 느낀다.) 방금 저는 나의 프라하 동료와 이에 대해 얘길했는데 (그는 체코 학자 쪽으로 아리송한 몸짓을 해 보인다.) 그는 이 협회를 지난 세기에 망명한 한 위대한 시인, 우리 두 국민들 간의 우애를 영원히 상징할 시인의 이름으로 장식하자는 생각에 기뻐한 것 같습니다. 미츠키에비치, 아담 미츠키에비치. 이 시인의 일생은, 그것이 시이건 과학이건 우리가 행하는 모든 것이 곧 반항에 다름 아님을 우리에게 일깨워 주는 하나의 교훈과도 같습니다. (‘반항’이라는 말이 결정적으로 그에게 최상의 컨디션을 되돌려준다.) 왜냐하면 인간은 영원히 반항하는 자이기 때문입니다.(지금 그는 진짜로 멋있으며 그도 그

걸 안다.) 그렇잖습니까, 나의 친구여,(그가 체코 학자 쪽으로 몸을 돌리자 학자는 즉각 카메라의 틀 속에 등장하여 마치 '예.'라고 말하려는 듯 고개를 숙인다.) 당신은 당신의 일생, 당신의 희생, 당신의 고통으로 이를 입증했습니다. 그렇소, 당신은 내게 이를 확인해 주었습니다. 모름지기 인간이란 언제나 반항, 억압에 반항하고 있음을, 그리고 억압이 더 이상 없다면…… (그가 길게 뜸 들인다. 오직 퐁트벵만이 이처럼 길고 이처럼 효율적인 뜸을 들일 줄 안다. 이윽고 낮은 목소리로) ……우리가 선택하지 않은 인간 조건에 반항하고 있음을 말입니다."

우리가 선택하지 않은 인간 조건에 대한 반항. 그의 즉흥 연설의 꽃, 이 마지막 문장은 그 자신마저 경악시켰다. 더욱이 몹시 아름다운 문장. 이 문장은 돌연 그를 정치가의 상투적인 어법들로부터 멀리멀리 데려가서는 그로 하여금 그의 나라의 가장 위대한 인물들과 일체감을 이루게 했다. 아마 카뮈가 그런 문장을 쓸 수 있었을 것이다. 말로, 사르트르도 그렇고.

임마쿨라타, 행복에 겨워 그녀가 카메라맨에게 신호하자 카메라가 멈춘다.

바로 그때 체코 학자가 베르크에게 접근하더니 말한다. "매우 멋있었습니다. 정말, 매우 멋있었어요. 한데 제가 말씀드리고 싶은 것은 미츠키에비치는……."

그러한 대중적 대성과를 거둔 뒤라 베르크는 아직도 도취해 있다. 단호하고 조롱하는 투의 요란한 목소리로 그가 체코 학자의 말을 끊는다. "압니다, 친애하는 동료여, 미츠키에비치가 곤충학자가 아니었다는 건 당신만큼이나 나도 잘 압니다.

더욱이 시인이면서 곤충학자인 경우는 매우 희귀한 일이잖습니까. 그러나 그런 결함에도 그들은 인류 전체의, 당신이 허락한다면 바로 당신도 포함하여, 곤충학자들도 그 일부를 이루는 인류 전체의 긍지입니다."

오랫동안 억눌려 있던 거대한 해방의 폭소가 종기처럼 터져나왔다. 실상 제 스스로 감격한 이 신사가 발표 내용 낭독하는 걸 잊어버렸음을 알았을 때부터 그들은 모두 웃음을 터뜨리고 싶은 심정이었다. 베르크의 무례한 말들이 마침내 망설임으로부터 그들을 해방했으며 그들은 기쁨을 감추지 못하고 웃어 댔다.

체코 학자는 말문이 막혔다. 그렇다면 불과 이 분 전까지만 해도 동료들이 그에게 표시하던 존경은 대체 어디로 가 버렸단 말인가? 어찌 그들이 웃을 수가, 감히 그들이 웃을 수가 있단 말인가? 경의에서 경멸로 그토록 쉽사리 옮겨 갈 수 있단 말인가. (바로 그렇다네, 이 친구야, 바로 그렇다네.) 공감이란 게 결국 그토록 여리고 그토록 덧없는 것이란 말인가?(물론이라네, 이 친구야, 물론이라네.)

바로 그 순간 임마쿨라타가 베르크에게 다가간다. 그녀가 얼얼이 취한 힘찬 목소리로 말한다. "베르크, 베르크, 당신 정말 멋있어요! 어쩜 그리도 속 시원히 내뱉을 수가! 아, 당신의 해학은 정말 감탄스러워! 게다가 바로 나를 그 해학으로 괴롭혔죠! 그 고등학교 생각나죠? 베르크, 베르크, 날 임마쿨라타라 불렀던 일 생각나죠! 당신의 잠을 방해하던 밤 새! 당신의 꿈들을 어지럽히던 새! 우리 함께 드라마를 하나 만들어야 해요, 당신의 초상을. 그런 일을 할 권리가 있는 사람이 나뿐이라는 사실에 당신은 동의해야 해요."

체코 학자에게 가한 연타에 대해 곤충학자들이 화답해 준 그 웃음이 여전히 베르크의 머릿속에 울리며 그를 도취시키고 있다. 이 같은 순간이면 거대한 자기만족이 극에 이르러 종종 그 자신조차 질겁하게 하는 그런 무모할 만큼 솔직한 행위들이 가능하게 된다. 그는 임마쿨라타의 팔을 잡고서, 경망스러운 귀들을 피하기 위해 외딴곳으로 끌고 가서는 낮은 목소리로 그녀에게 말한다. "어서 꺼져 버려, 늙은 똥갈보, 너의 그 병든 이웃들과 함께 꺼져 버리라고. 밤 새, 밤의 허깨비, 밤의 악몽, 내 실수의 회상, 내 어리석음의 기념비, 내 추억들의 쓰레기, 내 청춘의 냄새나는 오줌……."

그녀는 그의 말을 듣고 있으나 자신이 듣고 있는 얘기를 정말로 듣고 있다고 믿고 싶지가 않다. 그녀는 이 끔찍한 말들, 이는 그가 뭔가 종적을 흐리기 위해서나 청중을 기만하기 위해서 다른 누군가에게 하는 것이라 생각하며, 이것이 그녀로서는 이해조차 할 수 없는 어떤 책략일 뿐이리라고 생각한다. 그래서 그녀는 부드럽고 천진하게 묻는다. "왜 내게 그런 말들을 하는 거죠? 왜? 내가 이를 어떻게 이해해야 하죠?"

"내가 말하는 그대로 이해해야 해! 말 그대로! 꼭 말 그대로! 똥갈보는 똥갈보, 성가신 년은 성가신 년, 악몽은 악몽, 오줌은 오줌으로!"

24

홀에 있는 바로 나온 이후, 내내 뱅상은 자기 경멸의 표적을 관찰했다. 모든 장면이 그로부터 십여 미터 앞에서 펼쳐졌으나 그는 대화를 전혀 알아듣지 못했다. 하지만 한 가지만은 분명한 듯했다. 그의 눈에도 베르크는 퐁트벵이 늘 묘사하던 대로 비친다는 것. 대중 매체의 어릿광대, 엉터리 배우, 잘난 체하는 치, 춤꾼. 텔레비전 촬영 팀이 곤충학자들에게 관심을 가져 준 것도 다만 그가 참석한다는 이유 때문임에 의심의 여지가 없다! 뱅상은 그를 주의 깊게 관찰하면서 그의 춤 기교를 연구했다. 카메라에서 시선을 떼지 않는 그의 방식, 언제나 남들 앞에 나서는 그의 능란함, 주의를 자기 쪽으로 이끌기 위해 쓰는 손짓의 그 교묘함. 베르크가 임마쿨라타의 팔을 잡는 그 순간, 그는 더 이상 참지 못하고 외친다. "저것 보라고, 그가 관심 있는 건 단 하나, 텔레비전 여성뿐이야! 그는 외국인 동료의 팔은 붙잡지 않았어. 동료들이야 어찌 됐건 알 바 아냐, 특히 그들이 외국인이라면 말이야. 오직 텔레비전만이 그의 유일한 주인이요, 유일한 정부요, 유일한 첩일 뿐 그 밖의 다른 어떤 첩도 없다는 데 내기라도 걸겠어. 저자야말로 이 세상 최고의 고자라는 데 내기라도 걸겠다고!"

묘하게도 이번만큼은 그의 목소리가 보잘것없이 연약했는데도 완벽하게 다른 사람들에게 전달되었다. 과연 더없이 여린 목소리조차 남의 귀에 들리는 상황도 있는 것이다. 바로 그럴 때 그 목소리는 우리를 자극하는 생각들을 말한다. 뱅상은 자신의 성찰들을 펴 나간다. 그는 재기 있고 신랄하다. 그는 춤꾼들에 대해서, 그리고 그들이 천사와 맺은 계약에 대해서 말하며 자신의 웅변에 점점 더 만족하여, 마치 하늘로 향하는 층계의 계단들을 타고 오르듯 자신의 과장된 표현들을 타고 오른다. 조끼까지 입은 정장 차림에 안경을 걸친 한 젊은이가 그의 말을 들으며 덤불숲에 도사린 야수처럼 끈기 있게 그를 관찰한다. 이윽고 뱅상이 열변을 끝내자 그가 말한다.

"이보세요, 우리는 우리가 태어나는 시기를 선택할 수가 없어요. 그리고 우리 모두가 카메라의 시선 아래 살죠. 이제 그것은 인간 조건에 속하는 겁니다. 우리가 전쟁을 할 때조차도 카메라의 눈 아래에서 합니다. 그리고 그 무엇에 대해서 항의하고자 하건 카메라 없이는 우리 주장을 남들이 듣도록 하지 못해요. 우리 모두가 당신이 말하는 그 춤꾼들이죠. 이렇게까지 얘기할 수도 있어요. 우리는 춤꾼이든가 아니면 이탈자일 수밖에 없다고. 이보세요, 당신은 시간이 앞으로 나아간다는 걸 유감스러워 하는 것 같아요. 그럼 뒤로 돌아가 보세요! 12세기를 원하십니까? 그러나 일단 거기 가면 당신은 성당들에 대해 항의할 겁니다, 그것들이 현대의 야만이라고! 그럼 훨씬 더 멀리 돌아가 보세요! 원숭이들에게 가 보세요! 거기서는 어떤 현대성도 당신을 위협하지 않을 겁니다. 거기에서야 당신은 당신 집에, 마카크 원숭이들의 그 순결한 낙원에 있게 될 겁니다!"

가혹한 공박에 가혹한 대구를 찾아내지 못하는 것보다 수치스러운 일도 없다. 조롱기 어린 웃음 아래에서 뭐라 형언할 수 없는 당혹감을 맛보며 뱅상은 비겁하게도 후퇴하고 만다. 잠시 망연히 있다가 그는 쥘리가 자기를 기다리고 있음을 기억한다. 그는 손에 그대로 들고 있던 술을 단숨에 마셔 버린다. 그러고는 바 판매대 위에 잔을 내려놓고 다시 위스키 두 잔을 쥔다. 그를 위한 한 잔과 쥘리에게 날라다 줄 다른 한 잔.

25

　조끼까지 입은 정장 사내의 영상이 그의 영혼에 가시처럼 박혀 있어 그는 이를 떨쳐 버릴 수 없다. 이는 지금 그가 한 여자를 유혹하려는 참이기에 더욱 곤욕스럽다. 그의 생각이 따끔거리는 가시에 골몰해 있다면 대체 어떻게 여자를 유혹한단 말인가?

　그녀가 그의 기분을 알아챈다. "내내 어디에 있었지? 난 네가 돌아오지 않으려나 보다고 생각했어. 날 버리고 싶어 한다고 말이야."

　그는 그녀가 여전히 자기에게 집착하고 있음을 깨닫고서 이에 가시가 주는 통증이 약간 누그러진다. 그는 다시금 유혹자이고자 하나 그녀는 아직도 경계하는 태도다.

　"내게 괜한 얘긴 하지 마. 넌 좀 전부터 변했어. 누구 아는 사람이라도 만난 모양이지?"

“천만에, 천만에.” 뱅상이 말한다.

“왜 아냐, 왜 아냐. 넌 웬 여자를 만났어. 제발 부탁이니 그 여자와 가고 싶다면 가도 돼. 불과 삼십 분 전만 해도 난 너를 몰랐어. 그러니 계속 모르는 사람으로 여기면 되는 거라고.”

그녀는 점점 더 슬퍼진다. 한데 사내에게는 자신이 여자에게 준 슬픔보다 유익한 위안도 없다.

“천만에, 내 말 믿어, 어떤 여자도 만나지 않았어. 웬 성가신 놈이 있었는데, 음산한 얼간이 같은 그놈과 언쟁을 했어……. 그뿐이야, 그뿐.” 그러고 나서 그는 그녀의 뺨을 어루만지는데 그것이 너무나 진지하고 다정스러워 그녀는 더 이상 의심하지 않는다.

“어쨌든 뱅상, 넌 완전히 변했어.”

“이리 와.” 그렇게 말하며 그는 함께 바로 가자고 청한다. 그는 위스키를 들이켜 영혼의 가시를 뽑아내고 싶다. 우아한 정장 사내는 여전히 거기, 다른 몇몇 이들과 어울려 있다. 어떤 여자도 그들 주변에 있지 않으며 이 사실이 뱅상을 흐뭇하게 하는데 그와 동반한 쥘리가 시간이 흐를수록 더욱 예쁘게만 보인다. 그는 위스키를 두 잔 더 집어 한 잔은 그녀에게 내밀고 다른 한 잔은 재빨리 마시고는 그녀 쪽으로 몸을 기울인다. “저기 봐, 안경을 쓰고 정장을 한 저 백치 말이야.”

“저치야? 어휴, 뱅상, 저건 헛것이야, 완전히 헛것이라고. 어떻게 저런 자 때문에 근심할 수 있어?”

“네 말이 옳아. 놈은 헛방아 찧는 놈. 놈은 불알도 없는 놈. 놈은 고자야.” 그렇게 말하는 뱅상에게는 쥘리의 존재가 그를 그 패배로부터 멀어지게 하는 듯 여겨지는데, 왜냐하면 가치 있는 유일하고 진정한 승리, 그것은 곤충학자들의 이 끔찍할 만큼 얼빠진 모임에서 신속하게 꼬셔 낸 한 여자에 대한 정복인 까닭이다.

"헛것이야, 헛것, 헛것, 장담하겠어." 쥘리가 거듭 말한다.

"네 말이 옳아." 뱅상이 말한다. "내가 계속 그에게 신경을 쓴다면 나도 그에 못지않은 얼간이가 되겠지." 그러고는 거기 바 옆, 모든 사람 앞에서 그는 그녀의 입술 위에 입을 맞춘다.

그들의 첫 번째 입맞춤이었다.

그들은 정원으로 나서서 산책을 하다가 걸음을 멈추고는 다시금 입맞춤을 나눈다. 곧 그들은 잔디밭 벤치 하나를 찾아 내 나란히 앉는다. 멀리서 강의 속살거림이 그들에게 들려온다. 그들은 들떴다. 무엇 때문인지도 모르면서. 하지만 나, 나는 그 까닭을 안다. 그들은 T 부인의 강, 그녀의 그 사랑의 밤들의 강물 소리를 듣고 있는 것이다. 그 쾌락의 세기가 시간의 우물로부터 뱅상에게 은밀한 인사말을 보내고 있는 것이다.

그리고 그, 그도 마치 이를 알아챈 듯 "옛날에는 이런 성들에서 질펀한 광연(狂宴)이 벌어지곤 했지. 18세기 말이야. 사드. 사드 후작. 『규방 철학』. 이 책 너도 알지?"

"아니."

"이 책은 알아 둬야 해. 내가 빌려줄게. 두 남자와 두 여자가 그런 광연 도중에 나눈 대화야."

"그래서." 그녀가 말한다.

"넷 모두 발가벗었고 모두 함께 섹스를 해."

“그래서.”

“이런 얘기 너도 재미있지, 그렇지?”

“모르겠어.” 그녀가 말한다. 하지만 이 “모르겠어.”는 거부가 아니라 모범적 겸양에서 우러나는 가슴 뭉클한 진지함이다.

가시는 그리 쉽사리 뽑히지 않는다. 고통을 억제하고, 억누르고, 더 이상 생각하지 않는 체할 수 있으나 그런 시늉은 곧 노력이다. 뱅상이 그토록 열렬히 사드에 대해, 사드의 광연에 대해 말한다면, 그것은 그가 쥘리를 타락시키고 싶어서라기보다는 오히려 그 우아한 정장 차림 녀석이 그에게 가한 모독을 잊어버리고 싶어서다.

“천만에.” 그가 말한다. “넌 잘 알아.” 그렇게 말하며 그가 그녀를 부둥켜안고 입을 맞춘다. “네가 그런 걸 좋아한다는 걸 너는 잘 알아.” 그러면서 그는 『규방 철학』이라는 그 환상적인 책에서 자신이 알고 있는 많은 상황들을 상기시키고, 많은 문구들을 그녀에게 인용해 주고자 한다.

뒤이어 그들은 자리에서 일어나 산책을 계속한다. 커다란 달이 나뭇잎 사이로 빠져나온다. 뱅상이 쥘리를 바라보는데, 문득 그는 무엇에 홀린 듯하다. 흰 달빛이 이 젊은 아가씨에게 어떤 요정의 아름다움을, 그를 놀라게 하는 아름다움, 애초에 그녀에게서 보지 못한 새로운 아름다움, 섬세한, 연약한, 순결한, 범접할 수 없는 아름다움을 부여해 준 것이다. 그러다가 갑자기, 어째서 그렇게 됐는지는 모르나, 그는 그녀의 똥구멍을 상상한다. 갑자기 불현듯이 그 이미지가 여기 있으며 그는 더 이상 이를 떨쳐 버릴 수가 없다.

아, 해방자 똥구멍이여! 그 정장 입은 우아한 녀석이 (마침
내, 마침내!) 완전히 사라진 것은 그것 덕택이다. 위스키 여러
잔도 해내지 못한 것, 그것을 똥구멍은 단 일 초에 해치워 버
린 게 아닌가! 뱅상은 쥘리를 얼싸안고 입을 맞추고, 그녀의
젖가슴을 애무하고, 그녀의 요정 같은 정묘한 아름다움을 관
조하지만 그사이 끊임없이 그녀의 똥구멍을 상상한다. 그는
그녀에게 이렇게 말해 주고 싶은 거대한 욕구를 느낀다. "지금
너의 젖가슴을 애무하지만 난 그저 너의 똥구멍 생각뿐이야."
하지만 그는 말할 수 없다. 말이 그의 입에서 튀어나오지 않는
다. 그가 그녀의 똥구멍을 생각할수록 쥘리가 희고, 투명하고,
천사 같을수록, 더더욱 그는 그런 말을 드높은 목소리로 내뱉
을 수가 없다.

26

베라는 자고 있고, 열린 창문 앞에 서서 나는 달빛 가득한 밤 성의 정원을 산책하는 두 인물을 바라보고 있다.

갑자기 베라의 호흡이 가빠지는 소리가 들려 그녀의 침대 쪽으로 몸을 돌려 보니 그녀는 금방이라도 비명을 지를 듯하다. 그녀가 악몽을 꾸는 건 한 번도 본 적이 없지 않은가! 대체 이 성에 무슨 일이 일어나는 걸까?

내가 그녀를 깨우자 그녀는 공포에 질려 두 눈을 커다랗게 뜨고 나를 바라본다. 뒤이어 그녀는, 열이 오른 탓인지 다급한 어조로 이야기한다. "난 이 호텔의 아주 긴 어느 복도에 있었어. 갑자기 저 멀리서 웬 사내가 튀어나오더니 내 쪽으로 달려오더군. 십여 미터 앞에 이르자 그가 고함을 지르기 시작했어. 한데 상상해 봐, 그는 체코어로 말하고 있었다고! 완전히 얼빠진 문구들. '미츠키에비치는 체코인이 아냐! 미츠키에비치는 폴란드인이야!’ 그러고 나서 그는 위협하듯 내 몇 발짝 앞까지 접근했는데 바로 그때 당신이 날 깨웠어.”

“날 용서해 줘.” 그녀에게 내가 말한다. “당신은 신통찮은 내 작품의 희생자야.”

“뭐라고?”

“당신 꿈은 내가 하도 엉터리라 집어던졌던 그 파지들의 휴지통이었던 모양이야.”

“또 뭘 꾸미지? 소설?”

염려스러운 듯 그녀가 묻는다.

나는 머리를 조아린다.

“종종 당신은 내게 언젠가는 단 한 마디도 진지하지 않은 그런 소설을 쓰고 싶다고 말했어. 당신의 즐거움을 위한 거대한 장난질을. 그때가 온 게 아닌지 두렵군. 다만 당신에게 이렇게 경고하고 싶어. 조심해.”

나는 머리를 더한층 낮게 조아린다.

“당신 엄마가 곧잘 당신에게 하던 말 생각나? 내겐 그 목소리가 어제처럼 생생하게 들려. 밀란쿠, 제발 농담 좀 그만둬. 아무도 널 이해해 주지 않을 거야. 넌 세상 사람 모두를 모독할 거고 끝내는 세상 사람 모두가 널 혐오하고 말 거야. 당신도 생각나?”

“나.” 내가 말한다.

“당신에게 경고하겠어. 진지함이 당신을 보호해 주었어. 진지함을 잃는다는 건 당신 자신을 늑대들 앞에 알몸으로 내던지는 것과 같아. 당신도 알잖아, 그들이 당신을 기다린다는 걸, 그 늑대들이.”
　이 끔찍한 예언을 던진 뒤 그녀는 다시 잠이 든다.

27

　대충 이즈음에 체코 학자는 풀이 죽고 낙심하여 자기 방으로 돌아왔다. 아직도 그의 두 귀에는 베르크의 빈정거림에 뒤이어 터져나온 그 웃음소리가 가득하다. 그리고 아직도 그는 기가 막혔다. 참으로 그토록 가볍게 찬사에서 경멸로 넘어갈 수 있단 말인가?

　사실, 나도 자문해 본다. 그 숭고한 지상의 역사적 뉴스가 그의 이마에 해 준 입맞춤은 어디로 사라져 버렸는가?

　뉴스 추종자들이 곧잘 틀리는 점이 바로 이것이다. 그들은 역사가 연출하는 상황들이 단지 최초의 몇 분만 조명될 뿐이라는 사실을 모른다. 어떤 사건도 진행되는 전 기간 동안 뉴스거리가 되는 게 아니며 단지 시작의 매우 짧은 한 시점만 뉴스거리일 뿐이다. 수백만 관객이 열심히 지켜본 소말리아의 그 죽어 가던 아이들이 이제는 죽지 않는가? 그들은 어찌 되었는가? 살이 쪘는가 야위었는가? 소말리아가 아직도 존재하기는 하는가? 과연 그런 나라가 언제 존재하기는 했던가? 다만 어떤 신기루의 이름에 불과했던 건 아닐까?

사람들이 당대 역사를 이야기하는 방식은 마치 베토벤의 작품 백서른여덟 곡을 연이어 연주하되 다만 각 악곡의 첫 여덟 소절만 연주하여 소개하는 그런 대연주회와 흡사하다. 만약 십 년이 지나서 또 같은 연주회를 연다면, 아마 각 곡의 첫 번째 음정 하나씩만을, 즉 연주회 전체에 걸쳐 백서른여덟 개의 음정들을 마치 하나의 멜로디처럼 연주할 것이다. 그러나 이십 년이 지나서는 베토벤의 음악 전체가 매우 길고 날카로운 하나의 음정으로 요약될 것인데 아마 이는 귀가 먹던 첫날에 그가 들었던, 매우 높고 끝없이 길기만 하던 바로 그 음과 흡사할 것이다.

체코 학자는 우울 속에 잠겨 들었으나 한 가지 위안거리이듯, 모두가 잊어버리고 싶어 할 그 공사장에서 영웅적으로 노동하던 시절의, 만져 볼 수도 있는 질감 있는 추억 하나를 간직하고 있다는 생각이 떠오른다. 훌륭한 근육 조직. 은밀한 자기 만족의 미소가 그의 얼굴 위에 그려지는데, 왜냐하면 여기 참석한 어느 누구에게도 그와 같은 근육이 있지 않음을 확신하는 까닭이다.

그렇다, 그의 확신을 믿건 말건 이 생각, 분명 우스꽝스럽기만 한 이 생각은 참으로 그를 기분 좋게 했다. 그는 윗옷을 벗어던지고 바닥에 배를 깔고 엎드린다. 그러고는 두 팔을 펴서 몸을 일으킨다. 그는 팔굽혀펴기를 스물여섯 번이나 되풀이하고는 자신에 대해 만족한다. 그는 같은 공사장에서 일하던 동료들과 함께 일이 끝난 뒤 작업장 뒤 작은 연못으로 목욕하러 가던 시절을 회상한다. 사실 그는 그때가 이 성에서 지낸 하루에 비해 백배는 더 행복했다. 노동자들은 그를 아인슈타인이라 불렀고 그를 사랑했다.

그러자 이 호텔의 아름다운 수영장으로 목욕을 하러 가야겠다는 경망스러운(그 자신이 이 생각의 경망스러움을 의식하며 이를 즐기기까지 한다.) 생각이 그에게 떠오른다. 전적으로 의식적인 맹랑한 허영심에서, 그는 문화 과잉의, 지나치게 복잡해진, 요컨대 심히 위태로운 이 나라의 변변찮은 지식인들에게 육체를 보여 주고 싶은 것이다. 다행히도 그는 프라하에서 수영 팬티를 갖고 왔으며,(그는 가는 곳마다 이를 가지고 다닌다.) 이를 꿰입고는 반라로 거울 속 모습을 바라본다. 그가 두 팔을 굽히자 양쪽 알통이 우람하게 부풀어 오른다. "누가 내 과거를 부인하고 싶다면 이 알통을 보라. 이 거역하지 못할 증거를!" 그는 신체의 완벽함이라는 매우 기초적인 가치가 존재한다는 것을 프랑스인들에게 과시하면서 수영장 주변을 산책하는 자기 육체를 상상해 보는데, 그는 이런 완벽함을 자랑할 수 있으나 그들로서는 생각도 하지 못할 일이다. 그러고는 호텔 복도를 거의 알몸인 채 걸어간다는 것이 아무래도 격에 맞지 않는 듯하여 그는 셔츠를 입는다. 남은 문제는 두 발, 이들을 벗은 채로 내버려두는 것은 구두를 꿰신는 것 못지않게 어울리지 않아 보인다. 그리하여 그는 그냥 양말만 신기로 결심한다. 그 차림새로 그는 다시 한 번 거울 속의 자기 모습을 들

여다본다. 다시금 우울에 긍지가 합쳐지고, 다시금 그는 자신
감을 느낀다.

28

똥구멍. 우리는 이를 달리 말할 수 있다. 예를 들면 기욤 아폴리네르처럼, 네 육체의 아홉 번째 문. 여성 육체의 아홉 문들에 관한 그의 시는 두 가지 판본으로 존재한다. 첫 번째 판본, 그는 그것을 정부 루에게, 참호에서 쓴 1915년 5월 11일자 편지에 넣어 보냈으며, 다른 하나, 그것을 그는 같은 장소에서 다른 정부 마들렌에게, 같은 해 9월 21일에 발송했다. 이 시들, 둘 다 아름다우며 상상력에 차이가 있으나 구성 방식은 동일하다. 각 연이 애인 신체의 문들에 바쳐졌다. 한쪽 눈, 다른 한쪽 눈, 한쪽 귀, 다른 한쪽 귀, 오른쪽 콧구멍, 왼쪽 콧구멍, 입, 그다음 여덟 번째가, 루에게 보낸 시에서는 "네 궁둥이 문"이며 마지막 아홉 번째 문이 음문이다. 한데 마들렌에게 바친 두 번째 시에서, 맨 마지막 문들에 흥미로운 변화가 하나 생겨난다. 음문이 여덟 번째 자리로 물러나고 "진주 같은 두 산더미

사이로" 열리는 똥구멍이 아홉 번째 문이 되는 것이다. "다른 어느 문보다도 신비로운", "우리가 감히 말 못 하는 마법들"의 문, "지고의 문".

나는 이 두 시를 가르는 그 넉 달 열흘이란 간격을 생각해 본다. 아폴리네르가 강렬한 성적 몽상들에 잠겨 참호 속에서 보낸 그 넉 달이 그를 이 같은 관점 변화로, 이 같은 계시로 이끌었다. 똥구멍이야말로 알몸의 모든 핵에너지가 집중되는 기적의 지점이라는 것. 음문은 중요하다, 물론이다.(물론이다, 누가 감히 이를 부인할 것인가?) 하지만 너무 공식적으로 중요한, 계약되고 분류되고 통제되고 해설되고 조사되고 실험되고 감시되고 노래되고 칭송되는 장소다. 음문, 수다스러운 인류가 상봉하는 소란스러운 광장, 세대들이 거쳐 가는 터널. 오직 얼간이들만이 그 무엇보다도 대중적인 이 장소의 내밀함을 여전히 믿을 것이다. 진정으로 내밀한 유일의 장소, 그 앞에서 포르노 영화들조차도 항복하고 마는 금기, 그것은 지고의 문, 똥구멍이다. 가장 신비롭고 가장 은밀하기에 지고한 문.

이 지혜, 아폴리네르가 포탄 쏟아지는 창공 아래에서 넉 달이란 대가를 치르고 얻은 이 지혜에 뱅상은 달빛 덕분에 백옥이 된 쥘리와 단 한 번 산책으로 도달했다.

29

단 한 가지에 대해서밖에 말할 수 없고 그러면서도 이를 어떻게 말해야 할지 모를 때의 난감한 상황. 발설되지 않은 똥구멍이란 말이 뱅상의 입안에 마치 그를 벙어리로 만드는 입마개처럼 남아 있다. 도움을 구하려는 듯 그가 하늘을 바라본다. 그러자 하늘이 그의 소원을 들어준다. 그에게 시적 영감을 보내 주는 것이다. 뱅상이 외친다. "저기 봐!" 하며 달을 향해 손짓을 한다. "저건 마치 하늘에 뚫린 똥구멍 같아!"

그가 쥘리에게로 시선을 돌린다. 투명하고 부드러운 그녀, 그녀가 미소 지으며 말한다. "그래." 이미 한 시간 전부터 그녀는 그가 하는 어떤 말에도 감탄할 준비가 된 까닭이다.

그는 그녀의 "그래."를 들으나 여전히 갈증을 느낀다. 그녀는 요정처럼 순결해 보이며 그런 그녀가 제 입으로 이렇게 내뱉는 소리를 듣고 싶은 것이다. "똥구멍."

그는 그런 말을 발설하는 요정의 입이 정말 미치도록 보고 싶은 것이다! 그는 그녀에게 이렇게 말해 주고 싶다. 날 따라 해 봐, 똥구멍, 똥구멍, 똥구멍. 하지만 그는 감히 그러지 못한다. 그러기는커녕 자기 웅변의 덫에 걸려 점점 더 자신의 은유 속으로 빠져든다. "저 똥구멍에서 창백한 빛이 새어 나와 우주의 내장들을 가득 채우는구나!" 그러고는 달을 향해 팔을 내뻗으며 "무한의 저 똥구멍을 향하여, 전진!" 하고 말한다.

나는 뱅상의 이 즉흥에 관해 촌평해 보고 싶은 마음을 주체할 수 없다. 똥구멍에 대한 자신의 강박관념을 시인함으로써 그는 18세기에 대한, 사드와 그 모든 탕아 무리에 대한 자신의 애착을 실현하려고 생각한다. 하지만 이 강박관념을 전적으로 끝까지 좇기엔 역부족인 듯, 그다음 세기에 속하는, 매우 다른, 상반되기까지 한, 또 하나의 유산이 그를 도우러 온다. 달리 말해서 그는 그 멋들어진 탕아적 강박관념들을 오직 서정화함으로써만 말할 수 있을 뿐이다. 그것들을 메타포로 변화시킴으로써만. 이로써 그는 방탕의 정신을 시의 정신에 희생시킨다. 그리하여 똥구멍, 그것을 그는 여성의 신체에서 하늘로 옮기고 만다.

아, 이 전환은 유감스럽고 보기에 끔찍하기만 하다! 이런 길로 가는 뱅상을 계속 뒤쫓는 일은 나를 불쾌하게 한다. 그는 마치 접착제 속 파리처럼 자기 메타포 속에 걸려들어 허우적 댄다. 그가 또 외친다. "신성한 카메라의 눈 같은 하늘의 저 똥구멍이여!"

마치 영감이 고갈되었음을 확인하기라도 한 듯 쥘리가 창문들 뒤로 환히 밝혀진 홀을 손으로 가리키면서 뱅상의 시적 진화를 깨뜨린다. "이제 사람들이 거의 모두 떠나 버렸어."

그들은 돌아간다. 과연 테이블 앞에는 몇몇 지체자들이 남았을 뿐이다. 조끼까지 입은 그 고상한 녀석도 이젠 거기에 없다. 그렇지만 녀석의 부재가 뱅상에게 너무나 강렬하게 녀석을 상기시켜 다시금 그는 제 동료들의 웃음을 수반하는 쌀쌀맞고 불친절한 녀석의 목소리를 듣는다. 다시 그는 수치를 느낀다. 어찌하여 그는 녀석 앞에서 그토록 속수무책일 수 있었단 말인가? 그토록 애처롭게도 찍소리 못 했단 말인가? 그는 애써 녀석을 뇌리에서 씻어 내려 하나 여의치 않으며, 그의 말들을 다시 듣는다. "우리 모두가 카메라의 시선 아래 살고 있습니다. 이제 그건 인간 조건에 속하는 거죠……."

그는 쥘리를 까맣게 잊어버리고서 깜짝 놀라 이 두 문장에 멈춘다. 참으로 이상하잖은가. 그 고상한 녀석의 주장은 뱅상, 그 자신이 지난날 퐁트벵에게 제기했던 그 생각과 거의 동일한 것이다. "만약 당신이 어떤 대중적 갈등에 개입하여, 어떤 부당한 처사에 사람들의 주의를 집중시키고자 한다면, 당신이라고 어찌 이 시대에 춤꾼이 아닐 수 있거나 혹은 춤꾼으로 보이지 않을 수 있겠어요?"

바로 그래서 그가 그토록 그 고상한 녀석의 말에 당황했던 것일까? 녀석의 추론이 그의 생각과 너무나 가까웠기에 녀석을 공박할 수 없었던 것일까? 우리는 둘 다 동일한 함정에 빠졌던 걸까, 돌연 우리의 발아래에서 출구 없는 무대로 탈바꿈한 세상에 놀랐던 것일까? 결국 뱅상의 생각과 그 고상한 녀석의 생각 사이에 어떤 진정한 차이도 없는 것일까?

아니다, 이 생각은 참을 수 없는 것이다! 그는 베르크를 경멸하고, 그 고상한 녀석을 경멸하며, 그의 경멸은 그의 모든 판단에 선행한다. 고집스레 그는 둘을 구분 짓는 차이점을 파악하려 애쓰다가 이윽고 그 점을 명백히 보는 데 성공한다. 그들, 비루한 하인들처럼 그들은 부과된 대로 인간 조건을 향유한다. 존재의 행복한 춤꾼들. 그런 반면 그, 비록 어떤 출구도 없음을 그도 알지만, 그는 그런 세상에 자신이 반대함을 부르짖는다. 그러자 그가 그 고상한 녀석의 얼굴에 던져야 했을 대꾸가 머리에 떠오른다. "카메라들 아래 사는 것이 우리 조건이 되었다면, 나는 그 조건에 반항하겠어. 난 그것을 선택하지 않았어!" 바로 이것이 대답이다! 그는 쥘리에게 몸을 기울여 두서없이 말한다. "우리에게 남은 유일한 일, 그것은 우리가 선택하지 않은 인간 조건에 반항하는 일이야!"

이미 뱅상의 뜬금없는 말들에 익숙했던 그녀는 이 문구가 멋지다고 여겨 전투적인 어조로 맞장구친다. "물론이야!" 그러고는 마치 '반항'이란 말이 그녀를 유쾌한 에너지로 가득 채운 듯 말한다. "네 방으로 가, 둘이 함께."

문득 다시금 그 고상한 녀석이 뱅상의 머리에서 사라져 버렸고 그는 그녀의 마지막 말에 얼이 빠져 쥘리를 바라본다.

그녀 역시 얼이 빠져 있다. 바 가까이에 아직 몇몇 사람들이 있는데 그들은 뱅상이 그녀에게 말을 걸기 전까지 그녀가 함께 있었던 이들이다. 그 사람들은 마치 그녀가 존재하지 않는다는 듯한 태도였으며, 그녀는 이에 모욕을 느꼈다. 이제 그녀는 턱없다는 듯, 오연한 눈으로 그들을 본다. 그들은 그녀에게 더 이상 아무런 느낌도 주지 않는다. 그녀 앞엔 사랑의 하룻밤이 있으며 그녀는 자신의 의지 덕택에, 자신의 용기 덕택에 그 밤을 갖는다. 그녀는 자신을 부유한 행운아라고 느끼며, 그 사람들 모두보다 힘세다고 느낀다.

그녀가 뱅상의 귀에 속삭인다. "저치들은 모두 고자들이야." 이것이 뱅상의 말임을 그녀도 알지만 새삼 그렇게 말하는 것은 자신이 그에게 반했고 그의 것임을 알리기 위함이다.

이는 마치 그녀가 그의 손아귀에 행복의 수류탄을 쥐여 준 것과 같다. 지금 그는 똥구멍 있는 이 예쁜이와 함께 곧장 자기 방으로 가 버릴 수도 있을 터이나, 마치 저 먼 곳에서 오는 어떤 명령에 따르듯 먼저 이곳을 한바탕 들쑤셔 놓아야만 한다고 생각한다. 그는 똥구멍의 이미지, 임박한 성교, 그 고상한 녀석이 내뱉은 조롱조 목소리와, 마치 트로츠키가 파리의 자기 벙커에서 그랬듯이, 일대 소동을, 요란한 반란을 원격 지휘하는 퐁트벵의 실루엣 등이 함께 뒤섞인 그런 도취의 소용돌이에 빠져 있다.

"목욕을 해야겠어." 그는 쥘리에게 통고하고서 달음박질로 수영장으로 이어지는 층계를 내려가는데, 지금 수영장은 텅 비어 있어 위층에 있는 이들에게 마치 어떤 연극 무대를 연상시킨다. 그가 셔츠 단추를 끄른다. 쥘리가 그에게 달려온다. "목욕을 해야겠어." 다시 한 번 말하며 그가 바지를 벗어던진다. "너도 벗어!"

30

베르크가 임마쿨라타에게 한 그 끔찍한 말들은, 속삭이는 듯한 낮은 목소리로 발설되었으며, 그래서 주변 사람들은 그들 눈앞에서 펼쳐진 그 드라마의 진상을 파악할 수가 없었다. 임마쿨라타는 이를 전혀 내색하지 않는 데 성공했다. 베르크가 그녀 곁을 떴을 때 그녀는 층계 쪽으로 갔고, 층계를 올라갔으며, 방으로 이어지는 텅 빈 복도 안에 그녀 혼자 있게 됐을 때에야 자신이 비틀거리고 있었음을 깨달았다.

삼십 분쯤 뒤 아무것도 모르는 채 카메라맨은 둘이 함께 쓰는 그 방에 도착했으며, 침대 위에 배를 깔고 엎드린 그녀를 보았다.

"무슨 일이지?"

그녀는 대답하지 않는다.

그가 그녀 곁에 앉아 그녀 머리 위에 손을 얹는다. 그녀는 마치 뱀이 건드리기라도 한 듯 그 손을 떨쳐 버린다.

"대관절 무슨 일이야?"

그가 똑같은 질문을 몇 차례 반복하자 마침내 그녀가 말한다. "제발 입이나 헹구러 가 줘, 지독한 입냄새를 못 참겠어."

그에겐 입냄새가 없다. 그에겐 늘 비누 향이 배어 있고 구석구석 청결하다. 따라서 그녀가 거짓말하는 줄 그는 알았으나, 그녀가 요청한 것을 들어 주기 위해 얌전히 욕실로 간다.

입냄새에 대한 생각이 까닭 없이 임마쿨라타의 머리에 떠오른 건 아니다. 즉각 억압되고 만 좀 전의 기억 하나가 그녀의 그 같은 악담에 영감을 준 것이다. 베르크의 냄새 나는 숨결에 대한 기억. 그녀가 찌그러져 그의 욕설을 듣고 있을 때, 물론 그녀는 그가 풍기는 냄새에 신경 쓸 상태가 아니었으며, 그녀 대신 그 구역질 나는 냄새를 기록하고 다음과 같은 명철한 구체적 해설까지 덧붙인 자는 그녀 안에 숨은 어떤 관찰자다. 입에서 냄새가 나는 사내에게는 정부가 없다. 어떤 여자도 이를 달갑게 여기지 않을 것이다. 모든 여자가 그에게 냄새를 풍긴다는 것을 깨닫게 해 줄 수단을 찾아낼 것이고 그런 결함을 없애도록 그를 압박할 것이다. 욕설들에 포격당하면서도 그녀는 이 무언의 해설을 들었으며 그것이 그녀에겐 기쁘고 매우 희망적으로 여겨졌는데 왜냐하면 그것은, 베르크가 교묘히도 자기 주변에 어른거리게 하는 그 예쁜 부인들의 환영에도 불구하고, 그가 이미 오래전부터 연애에 무관심하며 그의 침대 옆자리가 공석임을 알려 주었기 때문이다.

입을 헹구면서, 실천가일 뿐 아니라 낭만적이기도 한 사내인 카메라맨은 여자 친구의 저 언짢은 기분을 바꾸는 유일한 방법은 되도록 빨리 그녀를 사랑해 주는 일이라고 중얼거린다. 그리하여 잠옷을 꿰입고는 어정쩡한 걸음으로 되돌아와 침대 가장자리 그녀 곁에 앉는다.

감히 그녀를 건드리지 못한 채로 그가 다시 한 번 말한다. "무슨 일이지?"

정신도 말짱하게 그녀가 대꾸한다. "고작 한다는 말이 그 멍청한 문장뿐이라면 당신과 대화해 봐야 기대할 게 아무것도 없겠어."

그녀는 일어나서 옷장 쪽으로 간다. 옷장을 열고 거기 걸려 있는 원피스 몇 벌을 물끄러미 바라본다. 그 원피스들이 그녀의 마음을 끈다. 그것들은 그녀에게 무대에서 쫓겨나지 않아야 한다는 모호하고도 강렬한 욕망을 일깨운다. 모욕의 장소들을 다시 가로질러야 한다는, 패배에 동의하지 않아야 한다는, 패배가 있다면, 그것을 거창한 공연으로 변화시켜 이를 통해 상처 입은 아름다움을 다시 빛나게 하고 자신의 반항하는 자존심을 펼쳐야 한다는 그런 욕망.

"뭘 하지? 어디를 가려는 거야?" 그가 말한다.

"그런 건 중요하지 않아. 내게 중요한 건 당신 곁에 머무르지 않는 거야."

"대관절 무슨 일인지 말이나 해야지!"

임마쿨라타가 제 원피스들을 바라보면서 지적한다. "여섯 번째." 그리고 여기서 나는 그녀가 셈을 틀리지 않았음을 특기해 둔다.

“당신은 완벽했어.” 카메라맨이 그녀에게 말한다. 그녀의 기분을 무시하기로 결심한 듯이. “오길 잘한 거야. 베르크에 관한 당신의 방송 계획은 성공한 것 같아. 우리 방으로 샴페인 한 병을 주문했어.”

“누구든 당신이 원하는 사람과 당신이 원하는 걸 마시도록 하시지.”

“대관절 무슨 일이야?”

“일곱 번째. 당신하곤 끝났어. 영원히. 당신 입에서 나는 냄새가 지긋지긋해. 당신은 나의 악몽이야. 나의 악몽. 나의 실패. 나의 수치. 나의 모욕. 나의 혐오. 당신에게 분명히 말해 두겠어. 노골적으로. 나의 망설임을 연장할 것 없이. 나의 악몽을 연장할 것 없이. 아무 의미도 없는 이 이야기를 연장할 것 없이.”

열린 옷장을 마주보며 카메라맨에게 등을 돌린 채 그녀는 서 있다. 속삭이듯 낮은 목소리로, 차분하고 침착하게 말하고 있다. 이어 그녀는 옷을 벗기 시작한다.

<h1 style="text-align:center">31</h1>

그녀가 이만큼이나 수줍음 없이, 이만큼이나 공공연한 무심함으로 그 앞에서 옷을 벗기는 이번이 처음이다. 이 같은 옷 벗음이 의미하는 바는 이렇다. 내 앞에, 여기 네가 있음에는 어떤, 전혀 어떤 중요성도 없다는 것. 네가 여기 있음은 개나 생쥐가 여기 있음과 마찬가지라는 것. 너의 시선들은 내 육체의 단 한 조각도 움직이게 하지 않을 것이다. 나는 네 앞에서 무슨 짓도, 심지어 지극히 해괴한 행위도 할 수 있을 것이다. 네 앞에서 토할 수도 있고, 귀나 성기를 씻을 수도 있고, 수음을 할 수도, 오줌을 눌 수도 있을 것이다. 너는 눈 없고, 귀 없고, 머리 없는 자다. 나의 이 오연한 무심함은 네 앞에서 나를 완전히 자유롭게, 완전히 파렴치하게 행동할 수 있게 해 주는 외투와 같다.

카메라맨은 제 눈앞에서 정부의 육체가 완전히 변모하는

것을 본다. 이 육체, 이때까지 그에게 단순하고도 신속하게 제
공되던 이 육체가, 지금 그 앞에서 백 미터 높이 초석 위에 세
워진 희랍 조각상처럼 올라간다. 그는 욕망에 정신을 잃는데,
이는 관능적 면모를 드러내지 않는 이상한 욕망, 그의 머리를,
단지 그의 머리만을 채우는 대뇌 매혹, 고정 관념, 신비로운
광기로서의 욕망이요, 다름 아닌 바로 이 육체가 그의 생을,
그의 생 전체를 가득 채우기로 예정된 것이라는 확신이다.

그녀는 그 매혹, 그녀의 살갗에 달라붙는 그 열성을 느낀다.
그러자 어떤 싸늘한 물결이 그녀의 머리까지 치밀어 오른다.
이는 그녀 자신에게도 놀라운 바인데, 그녀는 한 번도 그러한
물결을 경험한 적이 없다. 그것은 열정의, 열기의, 혹은 분노
의 물결 등과 다를 바 없는 하나의 물결, 싸늘함의 물결이다.
이 싸늘함은 참으로 하나의 열정이기 때문이다. 마치 그 카메
라맨의 절대적 열성과 베르크의 절대적 거절이 그녀가 맞서
반항하고 있는 동일한 저주의 두 측면이요, 베르크의 매정한
거부가 그녀를 평범한 정부의 품속으로 되던져 버리고자 했
다면 이 거부에 대항하는 유일한 과시 행위는 그 정부에 대한
절대적 증오뿐이라는 듯이. 바로 그런 이유로 그녀는 이처럼
격렬하게 그를 거부하며 그를 생쥐로, 그 생쥐를 거미로, 그
거미를 다시 다른 거미가 삼킨 파리로 만들어 버리고 싶어 하
는 것이다.

이미 그녀는 흰 원피스를 차려입었으며, 아래로 내려가 베
르크에게, 그리고 다른 모든 이에게 자신을 내보이기로 결심
했다. 그녀는 결혼을 뜻하는 색, 흰색 원피스를 가져온 것을

다행으로 여긴다. 오늘이 어떤 결혼식 날이라는, 뒤집힌 결혼, 신랑 없는 비극적 결혼식 날이라는 느낌 때문이다. 그녀는 흰 드레스 아래 어떤 부당한 상처를 지녔으며, 하나 그녀는 자신이 그 부당함 덕분에 위대해졌다고, 마치 비극의 주인공들이 불행 덕분에 미화되듯, 그 덕분에 미화되었다고 느낀다. 그녀는 문 쪽으로 간다. 상대가 잠옷 바람으로 쫓아 나와 그녀를 연모하는 개처럼 그녀 뒤를 따르리란 것을 알고 있으며, 그녀는 자신들이 비극적이고 그로테스크한 커플, 잡종 개가 뒤따르는 여왕, 바로 그런 모습으로 성을 가로지르기를 원한다.

32

한데 그녀가 개의 위치로 좌천시킨 자가 그녀를 놀라게 한다. 그가 문 앞에 서 있고 그의 얼굴에 노기가 역력하다. 그의 복종 의지가 문득, 흔적 없이 사라져 버렸다. 그는 터무니없이 그를 모독하는 이 아름다움에 대적하려는 절망적 의지로 가득하다. 그녀의 뺨을 갈긴다거나 그녀를 친다거나 그녀를 침대 위로 던지고 강간할 용기는 없으나, 그는 돌이킬 수 없는 뭔가를, 무한히 거칠고 공격적인 뭔가를 해야 할 필요성을 강렬하게 느낀다.

어쩔 수 없이 그녀가 문지방 앞에서 멈춘다.

"지나가게 해 줘."

"지나가게 해 주지 않겠어."

"이제 당신은 내겐 존재하지도 않아."

"뭐라고, 내가 이젠 존재하지도 않는다고?"

“난 당신을 몰라.”

그가 발작적인 웃음을 터뜨린다. “날 모른다고?” 그가 언성을 높인다. “우린 오늘 아침에도 했잖아!”

“내게 그런 식으로 말하지 마! 그딴 말들 하지 마!”

“오늘 아침에 당신 스스로 내게 그딴 말들을 했어. 해 줘, 해 줘, 해 줘라고 내게 말했잖아!”

“그땐 내가 아직 당신을 사랑했을 때고.” 그녀의 말투는 아무래도 좀 어색하다. “하지만 지금은 그딴 말들이 다만 추잡할 뿐이야.”

그가 외친다. “하지만 같이 했잖아!”

“그만둬!”

“간밤에도 했잖아, 했잖아, 했잖아!”

“그만!”

“왜 아침에는 내 몸을 참을 수 있고 저녁에는 안 된다는 거지!”

“내가 저속함을 혐오하는 줄 알잖아!”

“네가 혐오하는 것 따윈 내 알 바 아냐! 넌 똥갈보야!”

아, 베르크가 그녀에게 날린 이 말, 이 말만은 그가 발설하지 말았어야 했다. 그녀가 외친다. “저속함은 혐오스러워. 그리고 당신도 정말 혐오스러워!”

그, 그도 외친다. “그럼 넌 네가 혐오하는 놈과 잔 거야! 한데 혐오하는 놈과 자는 여자야말로 바로 똥갈보, 똥갈보, 똥갈보야!”

카메라맨의 말들이 점점 더 추잡해지고 두려움이 임마쿨라타의 얼굴 위에 그려진다.

　두려움? 그녀가 정말 그에게 두려움을 느끼는 것일까? 나는 이를 믿지 않는다. 마음 깊이, 그녀는 이 반란의 중요성을 과장해선 안 된다는 것을 잘 알고 있다. 그녀는 카메라맨의 굴종을 알며 언제나 이를 확신한다. 그가 그녀를 모독한다면 그것은 상대가 자기 말을 들어나 주었으면 싶기 때문임을, 즉 고려의 대상이 되고 싶기 때문임을 그녀는 안다. 그가 그녀를 모독하는 것은 그가 약하기 때문이요 힘 대신 그가 가진 것이 자신의 비루함, 자신의 공격적 말들뿐이기 때문이다. 아주 조금이나마 그를 사랑한다면, 그녀는 이 절망적으로 폭발한 무기력 앞에 누그러들어야 마땅할 것이다. 하지만 누그러들기는커녕, 그녀는 그를 괴롭히고 싶은 광란적 욕구를 느낀다. 바로 그래서 그녀는 그의 말들을 문자 그대로 받아들이기로, 그의 욕설들을 믿기로, 그 욕설들에 두려움을 품기로 결심하는 것이다. 바로 그래서 그녀는 질겁한 듯이 보이고 싶은 자신의 두 눈을 그에게 고정하는 것이다.

　그는 임마쿨라타의 얼굴에서 두려움을 보고 용기가 솟아오름을 느낀다. 평시에는 두려움을 느끼고 굴복하고 사과하는 쪽이 언제나 그이나, 문득 그가 자신의 힘을, 자신의 격분을 보여 주었기 때문에, 떨고 있는 쪽이 그녀다. 그녀가 지금 자신의 허약함을 시인하는 중이라고, 항복하는 중이라고 생각하면서 그는 언성을 높여 계속 그 공격적이면서도 무력한 헛소리들을 지껄여 댄다. 불쌍한 자, 그는 자신이 지금도 언제나처럼 그녀에게 놀아나고 있음을, 자신이 분노를 통해 힘과 자유를 찾았다고 생각하는 순간조차도 여전히 자기가 조종되는 물건으로 머무르고 있음을 모른다.

그녀가 그에게 말한다. "네가 무서워. 넌 가증스럽고, 넌 사나워." 한데 불쌍한 자, 그는 이것이 영원히 취소되지 않을 비난임을 모르며, 선의와 굴종의 걸레 조각 같은 자, 그는 이로써 자신이 둘도 아닌 딱 한 번, 모욕자요 폭행자가 되는 것임을 모른다.

"네가 무서워." 다시 한 번 그렇게 말하며 그녀는 밖으로 나가기 위해 그를 한쪽으로 밀어낸다. 그는 그녀를 지나가게 하고는 여왕을 뒤따르는 잡종 개처럼 그녀 뒤를 따른다.

33

나체. 나는 1993년 9월호《누벨 옵세르바퇴르》에서 오려 낸 기사 하나를 간직하고 있다. 한 여론 조사. 좌파를 자처하는 천이백 명에게 이백십 단어의 목록을 보내 그중에 그들을 매료시키는 말들, 그들이 민감하게 느끼는 말들, 그들이 매력적이라 보고 공감하는 말들을 표시하게 한 조사. 몇 년 전에도 사람들은 똑같은 조사를 실시했다. 그 당시에는 똑같은 이백십 단어 가운데 좌파 사람들이 서로 뜻이 맞은, 그리하여 공통된 감성을 확인했던 단어가 열여덟 개였다. 오늘에는 그렇게 사랑받은 단어가 셋에 지나지 않는다. 단지 세 단어에만 좌파가 뜻이 맞을 수 있단 말인가? 오, 이 전락! 오, 이 쇠락! 한데 그 세 단어가 어떤 단어들인가? 잘 들어 보라. 반항, 붉음, 나체. 반항과 붉음, 이는 자명하다. 한데 이 두 단어를 빼면 오직 나체만이 좌파 사람들의 심장을 뛰게 하고, 오직 나체만이 그들의 공통된 상징적 세습 재산으로 남는다는 것, 이는 놀랍다. 바로 이것이 프랑스 대혁명에 의해 장엄하게 개시된 이래 그 이백 년 찬란한 역사가 우리에게 물려준 전부요, 바로 이것이 로베스피에르, 당통, 조레스, 로자 룩셈부르크, 레닌, 그람시, 아라공, 체 게바라의 유산이란 말인가? 나체? 벌거벗은 배, 벌거벗은 두 불알, 벌거벗은 두 궁둥이? 바로 이것이 좌파 최후의 분견대들이 치켜든 최후의 깃발이요 바로 이 깃발 아래에서 수세기에 걸친 대행진을 아직도 흉내 내고 있단 말인가?

한데 어째서 하필이면 나체인가? 한 여론 조사 기관이 보낸 목록에서 좌파 사람들이 강조한 이 말은 그들에게 무엇을 의미하는가?

1970년대에, 뭔가에 대한(어느 핵 시설에 대한 건지, 어느 전쟁에 대한 건지, 돈의 권력에 대한 건지, 이젠 그 까닭조차 모르겠다.) 자신들의 분노를 표명하기 위해 벌거숭이가 되어 그렇게 독일 어느 대도시 거리들을 아우성치며 행진하던 독일 좌파들의 행렬이 생각난다.

그들의 나체는 무엇을 표현한 것일까?

첫 번째 가설. 나체는 그들에게 모든 자유 중에서 가장 귀중한 자유, 모든 가치 중에서 가장 위협 받는 가치를 표상했다. 독일 좌파들은 마치 박해 받는 기독교도들이 어깨 위에 나무 십자가를 메고 죽음을 향해 갔듯 벌거벗은 성기를 내보이면서 도시를 가로질러 갔던 것이다.

두 번째 가설. 그 독일 좌파들은 어떤 가치의 상징을 앞세우고자 했던 것이 아니라 그저 단순히, 혐오스러운 어떤 대중에게 충격을 주고자 했을 뿐이다. 그들에게 충격을 주고 그들을 질겁시키고 그들을 분개시키는 것. 그들을 코끼리 똥으로 폭격하는 것. 그들 머리 위로 우주의 온갖 오수를 퍼부어 주는 것.

묘한 딜레마. 나체는 가치 가운데 가장 큰 가치를 상징하는가, 아니면 적의 집회 위로 배변 폭탄처럼 내던지는 가장 더러운 오물을 상징하는가?

또 그것은 쥘리에게 "너도 벗어."라 거듭 말하며 "헛방아 찧는 놈들이 보는 앞에서 일대 해프닝을 벌여 보자!"라고 덧붙이는 뱅상에게는 과연 무엇을 표상하는가?

그리고 고분고분하게 어떤 열의까지 보이며 "왜 안 벗겠어."라 말하는, 그러면서 원피스 단추를 푸는 쥘리에게는 무엇을 표상하는가?

34

그는 알몸이다. 잠시 그는 이를 약간 놀라워하다가 실소를 터뜨리는데 이는 그녀에게보다는 차라리 그 자신에게 보내는 것으로, 왜냐하면 유리로 둘러싸인 이 넓은 공간에서 이렇게 알몸이 된다는 것이 너무 이례적인 일이라 그로서는 이 상황의 엉뚱함뿐 다른 무엇도 생각할 엄두를 못 내는 까닭이다. 그녀는 이미 브래지어를 벗어던졌고 팬티 역시 벗었으나, 뱅상은 진짜로 그녀를 보고 있는 게 아니다. 그는 그녀가 알몸임을 확인하지만 언제 어떻게 그녀가 알몸이 되었는지를 모른다. 돌이켜 보자, 좀 전까지만 해도 그는 그녀의 똥구멍 이미지에 사로잡혀 있었다. 그 똥구멍이 비단 슬립으로부터 해방된 지금, 그는 아직도 그것을 생각하는가? 아니다. 똥구멍은 그의 머리에서 증발해 버렸다. 그의 면전에서 알몸이 된 그 육체를 주의 깊게 바라보는 대신, 그것에 다가가고, 그것을 찬찬히 뜯

어보고, 어쩌면 그것을 만져 보기까지 하는 대신 그는 몸을 돌려 물속으로 뛰어든다.

뱅상은 묘한 젊은이다. 그는 춤꾼들을 공격하고 그들을 주제로 괴상한 말들을 지껄여 대나 실상은 스포츠맨 아닌가. 그는 물속으로 뛰어들어 헤엄을 친다. 대번에 그는 자신의 나체를 잊어버리며, 쥘리의 나체마저 잊고 자신의 헤엄만을 생각한다. 그의 뒤엔, 물에 뛰어들 줄 모르는 쥘리가 조심스레 사닥다리를 내려간다. 하지만 뱅상은 그녀를 쳐다보려 머리조차 돌리지 않는 것이다! 그에겐 안된 일이다. 쥘리, 그녀가 매력적인, 너무나 매력적인 까닭이다. 그녀의 육체는 환히 빛나는 듯하다. 그녀의 수줍음에 의해서가 아니라, 이에 못지않게 아름다운 다른 무엇, 고독의 내밀함에서 오는 서툰 거동에 의해 빛난다. 뱅상의 머리가 물속에 잠겨 있기에, 그녀는 자기를 보는 이가 아무도 없다고 확신하는 것이다. 물이 그녀의 무성한 털 높이까지 올라와 차갑게 느껴진다. 물에 텀벙 잠겨 버리고 싶어도 그녀에겐 그럴 용기가 없다. 그녀는 멈춰 선 채 망설인다. 그러다가 조심스럽게 다시 한 계단을 내려가는데 그러자 물이 그녀 배꼽까지 올라온다. 그녀는 손을 물에 적시더니 애무하듯 두 젖가슴을 차게 한다. 이를 지켜보는 일은 실로 아름답다. 천진한 뱅상은 생각조차 못 하나 나, 나는 마침내 하나의 나체를, 자유도 오물도, 그 무엇도 표상하지 않는, 그 모든 의미를 벗어 버린 하나의 나체, 남자를 호리는 있는 그대로의, 순수한 벌거벗은 나체를 보고 있다.

마침내 그녀가 헤엄을 치기 시작한다. 머리를 물 위로 어색하게 내민 채, 그녀는 뱅상보다 훨씬 느리게 헤엄을 친다. 뱅상이 수영장 십오 미터 폭을 세 번째 오갔을 때에야 그녀는 밖으로 나가기 위해 사닥다리로 접근한다. 그가 서둘러 그녀를 뒤쫓는다. 그들이 가장자리에 있게 됐을 때 저 위, 홀로부터 목소리가 들려온다.

보이지 않는 낯선 이들이 가까이 있음에 충동 받아 뱅상이 외치기 시작한다. "널 마구 주물러 주겠어!" 그러고는 야수처럼 인상을 쓰며 그녀에게 달려든다.

산책할 때의 그 내밀함 안에서는 감히 한마디 하찮은 외설조차 내뱉지 못했다가 지금, 누군가 들을 위험성이 있을 때 그가 해괴한 소리를 질러 대는 건 대체 어찌된 일일까?

그것은 바로 그가 어느 사이에 내밀함의 영역을 벗어난 까닭이다. 밀폐된 작은 공간 안에서 발설된 그 말이 대강당을 울릴 때는 다른 것을 의미한다. 이미 그것은 전적으로 그에게 책임이 있는, 그리고 오직 파트너만 듣게끔 된 말이 아니요, 여기서 그들을 지켜보는 타인들, 그 타인들이 듣기를 요구하는 말이다. 대강당은 비어 있다. 사실이다. 하지만 비록 강당이 비어 있다 해도 가상의 대중, 가능태요 잠재태인 대중이 여기, 그들과 함께 있다.

우리는 이 대중의 구성원이 누군지 자문해 볼 수 있다. 나는 뱅상이 학술 대회에서 본 사람들을 염두에 두는 거라고 생각지 않는다. 지금 그를 둘러싸고 있는 대중은 수가 많고, 집요하고, 까다롭고, 동요하고, 호기심 가득하나 완전히 정체불명의, 얼굴 윤곽이 흐린 사람들이기도 하다. 이는 그가 상상하는 대중이 바로 그 춤꾼들이 꿈꾸는 대중임을 의미하는 것일까? 그 보이지 않는 대중? 퐁트벵이 지금 이론을 세우고 있는 그 대중? 세계 전체? 하나의 얼굴 없는 무한? 하나의 추상? 꼭 그런 건 아니다. 이 익명의 소란 뒤로 구체적 얼굴들이 투영되는 까닭이다. 퐁트벵과 그 밖의 다른 친구들. 그들이 흥겹게 무대 전체를 지켜보고 있다. 그들은 뱅상, 쥘리 그리고 그 두 사람을 에워싼 그 미지의 대중까지도 지켜본다. 바로 그들에게 뱅상은 그 말들을 외쳐 대는 것이며, 바로 그들의 칭찬, 그들의 찬동을 얻고자 하는 것이다.

"날 멋대로 주물러 대지 못할 거야!"라고 외치는 쥘리는 퐁트벵이 누군지 전혀 모르지만 그녀 역시, 여기에는 아무도 없으나, 여기 있을 수도 있는 이들에게 그런 말을 내뱉고 있다. 그녀도 그들의 칭찬을 바라는가? 물론이다, 하지만 그녀가 이를 바라는 것은 다만 뱅상을 기쁘게 해 주려는 마음에서다. 그녀가 보이지 않는 미지의 어떤 대중에게 갈채를 받고 싶은 것은 이 밤을 위해 또, 누가 알겠는가, 다른 많은 밤들을 위해 자신이 선택한 사내에게 사랑받기 위함이다. 그녀가 수영장 가를 내달리자 그녀의 두 젖가슴이 오른쪽 왼쪽 맹랑하게 흔들린다.

뱅상의 말들은 갈수록 대담해진다. 단지 그것들의 은유적 성격이 그 맹렬한 저속함에 엷은 안개 너울을 쳐 주고 있다.

"내 자지로 널 꿰뚫어 저 벽에다 못 박아 버릴 거야!"

"날 못 박지 못할 거야!"

"넌 수영장 천장에 못 박혀 있게 될 거야!"

“난 못 박혀 있지 않을 거야!”

“이 우주의 눈앞에서 너의 똥구멍을 찢어 놓겠어!”

“넌 그걸 찢지 못할 거야!”

“온 세상이 너의 똥구멍을 보게 될 거야!”

“아무도 내 똥구멍을 보지 못할 거야!” 쥘리가 외친다.

그 순간 또다시 그들은 사람들의 목소리를 듣는데 그 가까움이 쥘리의 경쾌한 발걸음을 무겁게 하는 듯하더니 그녀를 멈춰 서게 한다. 그녀가 금방이라도 강간당할 여자처럼 새된 목소리로 비명을 지르기 시작한다. 뱅상이 그녀를 붙잡고 그녀와 함께 바닥에 넘어진다. 눈을 크게 뜨고서, 저항하지 않기로 결심한 어떤 침투를 기다리며 그녀가 그를 바라본다. 그리고 다리를 벌린다. 눈을 감는다. 머리를 옆으로 살짝 돌린다.

35

그 침투는 없었다. 그것이 없는 까닭은 시든 산딸기처럼, 어느 선조 할머니의 골무처럼 뱅상의 성기가 작기 때문이다.

어째서 그는 그렇게 작은가?

나는 이를 뱅상의 성기에게 직접 물어보는데, 그러자 녀석은 노골적으로 놀라워하며 대꾸한다.

"한데 어째서 내가 작으면 안 된다는 거지요? 난 커져야 할 필요성을 느끼지 못했단 말입니다! 정말이에요, 그런 생각은, 진짜로, 나에게 오지 않았어요! 난 통지 받지 않았어요. 뱅상과 일치협력해서, 난 수영장을 도는 이 기묘한 뜀박질을 뒤따랐지요, 무슨 일이 일어날까 보고 싶어 안달하면서! 난 신나게 즐겼어요! 한데 지금 당신은 뱅상을 불구자라 비난할 참인가요! 제발 그러지 마세요! 그러면 난 끔찍한 죄책감에 빠질텐데 이는 부당해요, 맹세컨대 우리는 한 번도 서로를 실망시키는 일 없이 완벽한 조화 속에서 살고 있기 때문에 말입니다. 난 언제나 그에게 긍지를 느꼈고 그도 내게 늘 그랬어요!"

성기의 말은 사실이다. 게다가 뱅상은 그의 소행에 턱없이 화내지도 않는다. 만약 그의 성기가 내밀한 아파트 안에서 그렇게 행동했다면 아마 그는 절대 놈을 용서하지 않을 것이다. 하지만 이런 곳에서 그는 놈의 반응을 합당하고 오히려 점잖다고 여기려는 마음이다. 그래서 그는 사태를 자연스럽게 받아들이기로 결심하고서 성교를 흉내 내기 시작한다.

쥘리 역시 화를 내지도 실망을 느끼지도 않는다. 자신의 몸 위에 뱅상의 움직임을 느끼면서 내부에 아무것도 느끼지 못하는 것이 이상하긴 하지만 어쨌든 용납할 만한 일이요 그녀는 애인의 팔딱임에 자기 자신의 움직임으로 응한다.

그들이 들었던 그 목소리들은 멀어졌으나 새로운 소리 하나가 수영장의 공명하는 공간 안에 울려 퍼진다. 그들 바로 곁을 지나는 어느 배회자의 발걸음.

뱅상의 헐떡거림이 빨라지고 증폭된다. 그가 으르렁거리고 소 울음을 울어 대는 동안 쥘리도 신음과 흐느낌을 터뜨려 대는데, 한편으론 뱅상의 젖은 육체가 끊임없이 그녀의 몸 위로 되떨어지면서 아프게 하는 까닭이요, 다른 한편으론 그의 울부짖음에 그녀도 그렇게 맞장구치고 싶은 까닭이다.

36

마지막 순간에야 그들의 존재를 알아챘기에 체코 학자는 미처 그들을 피할 수가 없었다. 하지만 그는 마치 그들이 거기 없는 듯이 행동하면서 시선을 다른 데 고정하고자 애쓴다. 그는 무섭다. 그는 아직 서구 생활이 뭔지 잘 모른다. 공산주의 사회에서는, 그가 앞으로 끈기 있게 배워 가야 할 다른 많은 일과 마찬가지로 수영장 가에서 섹스를 하는 일이 불가능하다. 벌써 그는 수영장 건너편에 이르렀으나 그렇긴 해도 몸을 돌려 섹스 중인 그 커플 쪽으로 한번 잽싼 눈길을 던져 보고 싶은 마음을 금할 수 없다. 한 가지 궁금한 게 있는 까닭이다. 저기 섹스 중인 저 사내의 몸은 잘 단련되었을까? 신체 문화를 위해 무엇이 더 유용할까. 육체적 사랑일까 손 작업일까? 그러나 그는 자제한다. 남의 섹스를 훔쳐보는 변태성욕자가 되기 싫은 까닭이다.

그는 그들의 맞은편 가장자리에서 걸음을 멈추고는 몸을
풀기 시작한다. 먼저 그는 무릎을 높이 추켜올리며 제자리뛰
기를 한다. 그러고는 두 손으로 땅을 짚고 공중에 두 발을 올
린다. 어릴 적부터 그는 체조인들이 물구나무서기라 부르는
이 자세를 할 줄 알았으며 예나 지금이나 이를 훌륭하게 해낸
다. 한 가지 의문이 그에게 떠오른다. 프랑스 석학들 가운데
과연 몇이나 이를 그처럼 할 수 있을까? 장관들 중에는 몇이
나 될까? 그는 이름이나 사진을 통해 알고 있는 프랑스 장관
들을 하나씩 상상하며, 두 손만 짚고 균형을 취하는 자세의 그
들 모습을 상상해 보다가 만족스러워 한다. 그가 보는 바로는
그들은 서툴고 허약하다. 물구나무서기를 일곱 번이나 한 뒤
그는 배를 깔고 엎드려 팔굽혀펴기를 시작한다.

37

쥘리도 뱅상도 그들 주위에서 일어나는 일에 신경 쓰지 않는다. 그들은 노출광들이 아니요, 타인의 시선에 흥분하고자, 그 시선을 포착하고자, 그들을 관찰하는 그 타인을 관찰하고자 하지 않는다. 그들이 하는 것은 광연(狂宴)이 아니요, 하나의 공연이며, 코미디언들은 극 상연 도중에 관객들과 눈을 마주치고 싶어 하지 않는 법이다. 뱅상보다는 쥘리가 더욱 애써 아무것도 보지 않으려 한다. 하지만 지금 막 그녀의 얼굴 위로 놓이는 그 시선이 너무나 무겁기에 그녀는 그것을 느끼지 않을 수가 없다.

그녀가 눈을 들어 그 여인을 본다. 그녀는 멋진 흰색 원피스 안에 있으며 자신을 뚫어지게 관찰하고 있다. 그녀의 시선은 기이하고 아득하나 그러면서도 무겁다, 끔찍할 만큼 무겁다. 절망처럼 무겁고, 어떻게-해야-할지-모르겠어처럼 무거운데, 이 무게에 눌려 쥘리, 그녀는 몸이 굳어 옴을 느낀다. 그녀의 움직임이 느려지고 시들해진다, 멈춰 버린다. 몇 번의 신음을 끝으로, 그녀는 입을 다문다.

순백의 그 여인은 아우성을 지르고 싶은 엄청난 욕구와 싸우고 있다. 아우성을 질러 주고 싶은 자가 이를 듣지 못할 터이기에 더욱 강렬하기만 한 욕구를 그녀는 떨쳐 버릴 수가 없다. 갑자기 더 이상 참지 못하겠다는 듯 그녀가 비명을, 날카로운, 끔찍한 비명을 내지른다.

쥘리는 그제야 혼미 상태에서 깨어나 몸을 일으켜 팬티를 찾아 꿰입고, 흩어져 있는 옷들로 황급히 몸을 가리고는 달음박질로 내뺀다.

뱅상은 좀 더 느리다. 그는 셔츠를, 바지를 주워 모으나, 어딜 봐도 팬티가 보이지 않는다.

그 몇 발짝 뒤, 잠옷 차림 사내 하나가 꼼짝 않고 서 있다. 아무도 그를 보지 않고 그 역시 아무도 보지 않는다. 그의 정신은 온통 그 순백 여인에게 팔려 있다.

38

베르크가 자기를 팽개쳤다는 생각을 감수할 수 없기에 그녀는 그를 자극하러 가야겠다는, 자신의 모든 순백의 아름다움을 펼쳐(때 묻지 않은 여자의 아름다움은 바로 순백이 아닌가?) 그앞에 으스대러 가야겠다는 광적 욕구에 사로잡혔으나, 호텔 홀과 복도들을 가로지르는 그녀의 산책은 뜻을 이루지 못했다. 베르크가 이미 거기에 없었고 카메라맨이 천한 잡종 개처럼 묵묵히 그녀를 뒤따른 게 아니라 크고 불쾌한 목소리로 그녀에게 말을 걸면서 뒤따랐던 것이다. 결국 남의 주의를 끄는데 성공하긴 했으나 그것은 고약하고 빈정대는 주의였으며, 그래서 그녀는 발걸음에 속도를 가했다. 그렇게 도망치듯이 그녀는 수영장 가에 도착했고 여기서 섹스 중인 한 커플과 맞닥뜨리자 마침내 비명을 질러 버린 것이다.

이 비명에 그녀는 정신을 되찾았다. 문득 그녀는 자신을 가

두는 함정을 분명하게 본다. 뒤엔 추적자요 앞엔 물이다. 그녀는 이 포위에 탈출구가 없음을 분명하게 깨닫는다. 그녀에게 가능한 유일의 탈출구는 뭔가 상궤를 벗어난 탈출구요, 그녀에게 남은 유일의 합당한 행위는 어떤 광적 행위임을. 그리하여 그녀는 혼신의 의지력을 발휘하여 몰이성을 선택한다. 두 걸음 앞으로 내디뎌 물속으로 뛰어드는 것이다.

그녀가 물에 뛰어든 그 방식은 퍽 기묘하다. 쥘리와는 달리 그녀는 잠수를 썩 잘한다. 그런데도 그녀는 두 팔을 볼품없이 벌린 채, 두 발이 먼저 물속으로 떨어진 것이다.

모든 몸짓에는 그들의 실제 기능을 넘어서, 그것들을 행하는 사람의 의도를 초월하는 어떤 의미가 있다. 수영복을 입은 사람이 물에 뛰어들 때는, 그 잠수자가 슬픔에 잠겼다 할지라도, 그 몸짓에서 드러나는 것은 기쁨 그 자체다. 누가 옷을 입은 채 물에 뛰어든다면 이는 얘기가 전혀 다르다. 익사하려는 자만이 옷을 모두 입은 채 물에 뛰어든다. 그리고 익사하려는 자는 머리부터 먼저 들어가지 않는다. 그는 자신을 떨어뜨린다. 몸짓들의 그 태곳적 언어가 그렇게 하길 원하는 것이다. 바로 그래서 임마쿨라타는, 수영 솜씨가 훌륭했지만 아름다운 드레스를 입은 채 가련한 방식으로만 물에 뛰어들 수 있었던 것이다.

그 어떤 합당한 이유 없이 그녀는 지금 물속에 있다. 그녀는 거기, 자기 몸짓의 명령에 따라 거기 있으며 그 의미가 차츰 그녀의 영혼을 채워 나간다. 그녀는 자신의 자살, 자신의 익사를 맞고 있다고 느끼며, 이제부터 그녀가 할 모든 것은 다만 어떤 발레, 어떤 팬터마임일 뿐이요, 이에 의해 그녀의 비극적 몸짓은 그녀가 말하는 무언의 담화를 연장해 나갈 것이다.

물속으로 추락했다가 그녀가 다시 일어난다. 수영장은 깊지 않으며, 물이 허리까지 오는 지점이다. 잠시 그녀는, 가슴은 불룩하게, 머리는 꼿꼿이 한 채 그대로 서 있다. 그러다 그녀가 다시 물속으로 떨어진다. 그 순간 스카프 한 장이 원피스로부터 떨어져 주검들 뒤로 추억들이 떠다니듯 그녀 뒤로 떠다닌다. 다시 한 번 그녀가 몸을 일으킨다. 머리는 뒤로 살짝 젖히고 두 팔은 벌렸다. 마치 내달리고 싶은 듯 그녀는 몇 걸음 나아간다. 수영장이 경사면이 되는 곳까지, 그러고는 다시 물에 잠긴다. 바로 이렇게 그녀는 전진한다. 머리를 수면 아래로 사라지게 했다가 다시 위쪽으로 뒤집으며 쳐드는 어떤 수상 동물, 신화 속의 어떤 오리처럼. 이 동작들은 저 높은 곳에서 살려는 욕망 혹은 저 물 밑바닥에서 죽으려는 욕망을 노래한다.

잠옷 바람 사내가 털썩 무릎을 꿇더니 울부짖는다.

"돌아와, 돌아와, 내가 죄인이야, 내가 죄인이야, 돌아와!"

39

수영장 건너편, 물이 깊은 쪽에서 화려한 체조를 하던 체코 학자가 깜짝 놀라 바라본다. 애초에 그는 새로이 도착한 그 커플이 섹스 중인 커플에 합세하러 왔으며 그리하여 마침내 자기가 청교도적 공산주의 사회의 공사장에서 작업하던 때 많이도 들었던 그 전설의 난교 파티를 참관하게 되나 보다고 생각했다. 수줍음 때문에 그는 그 같은 집단 섹스 상황에서는, 이곳을 떠나 방으로 가 버려야 한다는 생각까지 했다. 그러다 끔찍한 비명이 그의 귀를 꿰뚫었으며, 두 팔을 뻗은 그대로 그는 화석처럼 굳어 버렸다. 그때까지 아직 열여덟 번밖에 하지 못한 팔굽혀펴기를 더 계속할 수 없었기 때문이다. 그의 눈앞에서 흰 원피스를 입은 여자가 물속으로 떨어졌고, 스카프 한 장이 작은 푸른빛, 장밋빛의 조화 몇 잎과 함께 그녀 뒤를 떠다니기 시작했다.

꼼짝 않고 상반신을 세우고 있던 체코 학자는 이 여자가 익사하려 한다는 것을 마침내 깨달았다. 머리를 물속에 두려 애쓰지만 의지가 충분히 굳지 않기에 자꾸만 몸을 일으키고 있는 것이다. 지금 그는 자살 현장을 지켜보고 있으며 이런 상황은 그로서는 한 번도 상상해 보지 못한 일이었다. 저 여자는 병들었거나 상처 받았거나 쫓기고 있다. 그녀는 몸을 일으켰다가 다시금 수면 아래로 사라진다. 한 번 또 한 번. 그녀는 수영을 할 줄 모르는 게 분명하다. 앞으로 나아갈수록 그녀는 점점 더 물에 잠기며 따라서 곧 물이 그녀를 덮어 버릴 것이요, 수영장 가에서 무릎 꿇은 채 그녀를 주시하며 울고 있는 잠옷 차림 사내의 저 소극적인 시선 아래에서 그녀는 죽을 것이다.

체코 학자는 더 이상 망설일 수 없다. 그는 몸을 일으켜 두 무릎을 굽히고 두 팔을 뒤로 뻗은 채 수면 위 전방으로 몸을 기울인다.

잠옷 차림 사내는 지금 그 여자를 보지 않으며, 한 낯선 사내의 모습에 정신이 팔려 있다. 크고, 강인한, 이상할 만큼 기형인 그 사내는, 바로 십오 미터 전방에서 그와 무관한 드라마에 끼어들 채비를 하고 있는 게 아닌가. 잠옷 차림 사내가 오직 자기만을 위해, 그리고 자기가 사랑하는 여인만을 위해 조심스레 간직하고 있는 드라마에 말이다. 사실 그는 의심할 바 없이 그녀를 사랑하고 있으며, 그의 증오는 다만 일시적일 뿐이다. 그는 비록 그녀가 자기를 괴롭힌다고 해도 진심으로 그리고 지속적으로 그녀를 증오할 수 없는 사람이다. 지금 그녀는 이해할 수 없지만 그가 숭배하는 그녀의 그 기적 같은 감성, 그 불합리하고 길들일 수 없는 감성의 요구에 따라 행동하고 있음을 그는 안다. 비록 조금 전에 그가 그녀에게 욕설을 퍼부었다 해도, 그는 그녀가 무고하며 그들의 이 예기치 못한 불화의 진짜 죄인은 다른 누구라는 걸 마음속 깊이 확신한다. 그는 그자를 모르고 그자가 어디 있는지 모르나 언제라도 그자에게 달려들 준비가 되어 있다. 이런 정신 상태에서 그는 지금 수면 위로 스포츠맨처럼 몸을 기울이고 있는 그 사내를 바라본다. 최면에 걸린 듯 그는 그 사내의 육체, 강인하고 근육 투성이에 기이하게도 균형이 잡히지 않은, 꼭 여자 허벅지처럼 넓적한 두 허벅지에 이해할 수 없도록 장딴지가 굵은, 불의의 화신인 양 부조리한 그 육체를 바라본다. 그는 이 사내를 전혀 모르며 그를 전혀 의심하지 않으나, 고통에 눈이 멀어 이 추함의 기념비 같은 사내의 모습이 설명할 길 없는 제 불행의 이미지인 것 같아 그에 대한 어찌할 수 없는 증오에 사로잡힘을 느낀다.

체코 학자는 잠수를 하고 팔을 몇 번 힘차게 저어서 여인에게 다가간다.

"그녀를 내버려 둬!" 그렇게 외치는 잠옷 차림 사내, 곧 그도 물속에 뛰어든다.

학자와 그 여인의 거리는 겨우 이 미터 정도다. 그의 발이 벌써 바닥에 닿는다.

잠옷 차림 사내가 그 쪽으로 헤엄쳐 오며 다시 소리친다. "내버려 둬! 그녀를 건드리지 마!"

체코 학자는 긴 탄식을 토하며 가라앉는 여인의 몸 아래로

두 팔을 내뻗고 있다.

지금은 그 잠옷 바람 사내가 바로 그의 지척에 있다. "그녀를 놓지 않으면 죽여 버릴 거야!"

눈물 너머로 그는 다른 그 무엇도 아닌 오직 그 기형 실루엣만을 본다. 그가 그 실루엣의 한쪽 어깨를 붙잡아 세차게 흔든다. 학자가 비틀거리고, 여인이 그의 두 팔에서 떨어진다. 두 사내 중 누구도 이젠 그녀에게 신경 쓰지 않는다. 그녀는 수영장 사다리 쪽으로 헤엄쳐 가서 위로 올라간다. 학자가 잠옷 차림 사내의 증오에 찬 눈을 바라보는데, 그의 두 눈 역시 증오로 불타고 있다.

잠옷 차림 사내가 더 이상 참지 못하고서 그를 친다.

학자는 입에 통증을 느낀다. 혀로 앞니 하나를 건드려 보곤 그것이 흔들리고 있음을 확인한다. 주변 다른 의치들도 끼워 맞춰 준 프라하의 한 치과 의사가 최근에 매우 공들여 심어 준 의치다. 간곡히 그 의사는 이 의치야말로 다른 모든 의치들의 중추 역할을 하며, 언젠가 이 의치를 잃게 되면 어쩔 수 없이 틀니를 할 수밖에 없다고 설명했는데, 이에 체코 학자는 뭐라 말할 수 없는 두려움을 느끼고 있다. 혀로 흔들리는 이를 확인하다가 처음에는 불안감 때문에, 뒤이어 분노로 얼굴이 하얗게 질린다. 인생 전체가 그의 앞으로 튀어나왔고, 오늘 들어 두 번째로 눈물이 두 눈을 흥건히 적신다. 그렇다, 그는 울고 있으며 그 눈물 밑바닥으로부터 한 가지 생각이 그의 머리에 떠오른다. 그는 모든 것을 잃어버렸고, 남은 건 이제 그의 근육들뿐이다. 하지만 이 근육들, 그의 이 불쌍한 근육들, 이것들이 무슨 소용이란 말인가? 마치 어떤 용수철처럼 이 물음은 그의 오른팔을 무서운 동작으로 내뻗게 한다. 그 결과는 따귀 한 대, 반세기에 걸쳐 프랑스의 모든 수영장 가에서 벌어진 격렬한 섹스만큼이나 거대한, 틀니의 슬픔처럼 거대한 따귀. 잠옷 차림 사내가 물 밑으로 사라진다.

그의 추락이 너무나 빨랐고 너무나 완벽했으므로 체코 학자는 그를 죽여 버렸다고 생각한다. 잠시 넋을 놓고 있던 그는 몸을 기울여 그 사내를 건져 내고는 그의 얼굴을 몇 번 가볍게 토닥거려 준다. 사내가 눈을 뜬다. 그의 멍한 시선이 그 기형 형상 위에 놓인다. 이어 그는 몸을 빼 여인에게 가기 위해 사다리 쪽으로 헤엄친다.

40

그녀, 수영장 가에 쪼그리고 앉아 그녀는 잠옷 차림 사내를, 그의 싸움과 추락을 주의 깊게 바라보고 있었다. 그가 타일 깔린 수영장 가장자리로 올라오자, 그녀는 몸을 일으켜 층계 쪽으로 향한다. 뒤돌아보지 않고, 하지만 그가 뒤따를 수 있도록 아주 천천히. 그렇게 한 마디 말 없이, 흠뻑 젖은 채로, 그들은 홀(이미 오래전에 모두 떠나 버린)을 가로지르며 복도들을 거쳐 방에 도착한다. 그들의 옷에서 물방울이 떨어지고, 그들은 추워 떨고 있으며, 옷을 갈아입어야 한다.

그다음엔?

그다음에라니? 그들은 섹스를 할 것이다. 여러분은 다른 걸 생각했단 말인가? 오늘 밤 그들은 아무 말이 없을 것이요, 그녀는 부당하게 해를 당한 사람처럼 그저 신음만 흘릴 것이다. 이렇게 모든 것이 계속될 수 있을 것이요, 방금 그들이 오늘

밤 처음 보여 준 이 우스꽝스러운 연극은 뒤이은 나날과 주들에 또 되풀이될 것이다. 자기가 그 모든 저속함의 저 위, 자신이 경멸하는 이 범속한 세상의 저 위에 있음을 보여 주기 위해 그녀는 또다시 그를 무릎 꿇게 할 것이고, 그는 사과할 것이고, 눈물 흘릴 것이고, 이에 그녀는 더욱 고약해져서 바람피우고, 자신의 부정(不貞)을 과시하고, 그를 괴롭힐 것이며, 그는 다시 반항할 것이고, 거칠어지고, 위협적이 되고, 뭔가 망측한 짓을 하기로 결심하여 꽃병을 깨고, 끔찍한 욕설들을 퍼부어 댈 것이요, 이에 그녀는 무서워하는 체하며, 그를 횡포한 자요 폭행자로 비난할 것이며, 그는 다시 무릎을 꿇고, 다시 눈물을 흘리고, 다시 자신의 유죄를 선언할 것이고, 그러면 그녀는 그와 동침을 또 허락할 터인데 바로 그렇게, 바로 그렇게 몇 주고 몇 달이고 몇 년이고 영원히 계속될 것이다.

41

한데 그 체코 학자는? 흔들리는 이에 혀를 갖다 붙인 채 그는 중얼거린다. 바로 이것이 내 인생에서 남은 전부다. 흔들리는 이 하나와 틀니를 할 수밖에 없는 데 대한 갑작스러운 공포. 다른 건 없는가? 전혀 없는가? 전혀. 돌연한 깨달음 안에서 모든 과거가 극적이고 둘도 없는 사건들로 풍성한, 숭고한 모험이 아니라 윤곽을 가늠할 수 없을 만큼 빠른 속도로 지상을 거쳐 간 뒤죽박죽 사건 더미의 극히 미세한 일부로 그에게 나타났으며, 그래서 그는 베르크가 그를 헝가리인이나 폴란드인으로 여긴 게 옳았는지도 모른다고 생각하는데, 왜냐하면 그는, 어쩌면 진짜 헝가리인이거나 폴란드인 혹은 어쩌면 터키인, 러시아인 혹은 소말리아의 죽어 가는 어떤 아이인지도 모르는 까닭이다. 사건들이 너무 빨리 벌어지면 어느 누구도 전혀, 그 무엇이건 전혀, 심지어 자신에 대해서도 확신할 수 없는 법이다.

T 부인의 밤을 회상하면서 나는 실존 수학 교본 맨 첫 번째 장들 가운데 하나에 드는 이 유명한 방정식을 상기했다. 속도는 망각의 강도에 정비례한다는 것. 이 방정식에서 우리는 여러 필연적 귀결들을 연역할 수 있는데, 예를 들면 이런 것, 우리 시대는 속도의 악마에 탐닉하며 그래서 너무 쉽게 자신을 망각한다. 한데 나는 이 주장을 뒤집어 오히려 이렇게 말하고 싶다. 우리 시대는 망각의 욕망에 사로잡혔으며 이 욕망을 충족하기 위해 속도의 악마에 탐닉하는 것이라고. 그가 발걸음을 빨리하는 까닭은 사람들이 자신을 기억해 주길 이제 더는 바라지 않음을, 자신에게 지쳤고, 자신을 역겨워하며, 스스로 기억의 그 간들거리는 작은 불꽃을 훅 불어 꺼 버리고 싶음을 우리에게 깨닫게 해 주고 싶어서라고.

나의 친애하는 동포여, 동료여, '프라하 파리'의 유명한 발견자, 공사장의 영웅적 노동자여, 더 이상 나는 물속에서 꼼짝 않는 자넬 보며 괴로워하고 싶지 않아! 자넨 중병에 걸릴 거야! 친구여! 형제여! 자학하지 마! 나오라고! 잠이나 자러 가. 망각됨을 기뻐해. 그 감미로운 전일적 기억 상실의 솔에 포근히 감싸이라고. 자네를 상처 입힌 그 웃음은 더 이상 생각하지 마, 그건 이미 존재하지 않아. 그 웃음, 공사장에서 보낸 자네의 몇 년 세월도, 박해 받은 자로서 얻은 자네의 영예도 이젠 존재하지 않듯, 그 웃음도 이미 존재하지 않아. 성이 고요해. 창문을 열어. 그러면 나무 내음이 자네 방을 가득 채울 거야. 들이마셔. 삼 세기나 묵은 마로니에 나무들이야. 그들의 속삭임은 T 부인과 기사가 그 정자에서 사랑을 나눌 때 들었던 바로 그 속삭임이지. 당시에는 자네 방 창문에서 보이던 그 정자, 안됐지만 이젠 그걸 볼 수 없을 거야. 그 후 약 십오 년 뒤, 1789년 대혁명 때 정자는 파괴되었고, 이에 관해 남은 건 다만 자네가 읽은 바 없고, 아마 앞으로도 결코 읽지 못할, 비방 드 농의 단편소설 몇 쪽뿐이니까 말이야.

42

뱅상은 팬티를 찾지 못했으며, 젖은 몸 그대로 바지와 셔츠를 꿰입고 쥘리를 뒤쫓아 뛰기 시작했다. 하지만 그녀는 너무 빨랐고 그는 너무 느렸다. 그는 복도들을 뛰어다니다가 그녀가 사라져 버렸음을 확인한다. 쥘리의 방이 있는 곳을 모르기에, 그는 그럴 가망이 거의 없음을 잘 알면서도 문 하나가 열리고 쥘리의 목소리가 "이리 와, 뱅상, 이리 와."라고 말하는 소릴 행여 들을까 계속 복도들을 헤매 다닌다. 하지만 모든 사람이 잠들어 있고, 어떤 소리도 들리지 않으며 모든 문이 닫혀 있다. 그가 속삭인다. "쥘리, 쥘리!" 그가 속삭임을 높이고, 속삭임을 부르짖으나 오직 침묵만이 그에게 답한다. 그는 그녀를 상상한다. 달빛에 반투명이 된 그녀의 얼굴을 상상한다. 그는 그녀의 똥구멍을 상상한다. 아, 바로 그의 지척에서 벌거벗었는데도 그가 놓쳐 버린, 완전히 놓쳐 버린 그녀의 똥구멍.

그것을 그는 보지도 만지지도 못했다. 아, 그 끔찍한 영상이 다시 여기 있고 그의 가엾은 성기가 깨어나 일어선다. 아, 그가 일어선다, 쓸데없이, 터무니없이 거대하게.

제 방으로 돌아와 그는 의자에 털썩 주저앉는데 머리에는 오직 쥘리에 대한 욕망뿐이다. 그는 그녀를 되찾기 위해 무슨 짓이라도 할 작정이나 아무것도 할 짓이 없다. 그녀는 내일 아침 식사를 하러 식당으로 올 것이다. 하지만 그, 안됐지만, 그는 그즈음이면 이미 파리의 자기 사무실에 있을 것이다. 그는 그녀의 주소도, 그녀의 성도, 그녀가 일하는 곳도, 아무것도 모른다. 그는 제 성기의 주책없는 크기로 구체화된, 자신의 거대한 절망과 함께 혼자 있다.

놈, 불과 한 시간 전, 놈은 때에 맞게 적당한 크기를 지키는 칭찬할 만한 양식을 보여 주었고, 이에 대해 놈은, 그 주목할 만한 이야기에서, 우리 모두에게 매우 인상적이었던 합리적 논변으로 변명했다. 하지만 지금, 나는 그 성기의 이성을 의심하는데 이번에는 놈이 양식을 완전히 잃어버렸다. 아무런 합당한 동기 없이 놈은 마치 베토벤의 9번 교향곡처럼 우주에 맞서 일어나 침울한 인류 앞에서 제 기쁨의 찬가를 부르짖고 있는 것이다.

43

두 번째로 베라가 잠에서 깨어난다.

"왜 라디오를 그렇게 목청이 터져라 켜 두어야만 한다고 생각했지? 내 잠을 깨웠잖아."

"라디오를 듣고 있지 않았어. 사방이 고요하기만 한데."

"아니, 당신은 라디오를 듣고 있었어, 괘씸하게도. 내가 자고 있는데."

"맹세하겠어."

"게다가 그 얼빠진 기쁨의 찬가라니, 어떻게 당신이 그런 걸 들을 수 있단 말이야."

"미안해. 이번에도 내 상상 탓이야."

"뭐라고, 당신 상상? 그렇다면 바로 당신이 그 9번 교향곡을 썼다는 얘기야? 이젠 당신을 베토벤으로 여기려는 거야?"

"아니, 그런 뜻으로 한 말이 아니야."

"이 교향곡이 이토록 견딜 수 없고 뜬금없고 성가시고 이토록 유치하게 과장되고 이토록 어리석게, 이토록 천진하게 저속해 보인 적도 없어. 더는 못 참겠어. 여기, 정말, 바로 여기가 절정이야. 이 성은 귀신 들렸고 난 일 분도 더 이곳에 머무르고 싶지 않아. 제발 그만 떠나. 게다가 날도 밝았어."

그리고 나서 그녀는 침대를 뜬다.

44

이른 아침이 여기 있다. 나는 비방 드농의 단편소설 마지막 장면을 생각한다. 성의 밀실에서 나눈 그 사랑의 밤은 두 연인에게 날이 밝았음을 알리러 온, 속사정을 아는 하녀의 도착으로 끝을 맺는다. 기사는 다급히 옷을 입고 밖으로 나오나, 성 복도들을 방황하게 된다. 발각당할까 두려워 그는 정원으로 가서, 잠을 잘 잔 뒤 매우 일찍 깨어난 사람처럼 산책하는 체하기로 한다. 여전히 얼얼하기만 한 머리로, 그가 겪은 사랑 모험의 의미를 이해해 보고자 한다. T 부인은 정부인 그 후작과 절교한 것일까? 절교하는 중일까? 아니면 단지 그를 벌주고 싶어 한 것일까? 지금 막 완결된 이 밤의 속편은 어떤 것일까?

그 같은 의문들에 빠져 있다가, 그는 문득 앞에서 T 부인의 정부, 그 후작을 본다. 그는 지금 막 도착했으며 서둘러 기사 쪽으로 다가선다. "어찌 됐소?"

그가 초조하게 묻는다.

뒤이은 대화에서 마침내 기사는 자신의 사랑 모험이 무엇 때문인지를 이해하게 된다. 남편의 주의를 가짜 정부 쪽으로 돌려야 했던 것이며 바로 그에게 그 역할이 부과되었던 것이다. 멋있는 역이 아니요, 오히려 우스꽝스러운 역임을 후작이 웃으면서 시인한다. 그러고는 기사의 희생을 보상하고 싶다는 듯 그에게 몇 가지 속내 이야기를 털어놓는다. T 부인은 사랑스러운 여인이고 특히 정숙하기 짝이 없다는 것. 그녀의 유일한 약점이라면 몸이 차갑다는 것.

그들은 함께 남편에게 인사하러 성으로 되돌아온다. 남편, 그는 후작에게 말할 때는 상냥한 태도이다가도 기사에게는 멸시하듯 행동한다. 그는 기사에게 가능하면 빨리 떠나 달라고 요청하는데, 이에 그 다정한 후작이 자신의 마차를 빌려주마고 제의한다.

그러고 나서 후작과 기사는 T 부인을 방문하러 간다. 면담이 끝나고 문지방 위에서 그녀는 몇 마디 정감 어린 말들을 기사에게 속삭이는 데 성공한다. 소설이 전하는 그 마지막 몇 문장은 이렇다. "이 순간, 당신의 사랑이 당신을 부르고 있어요. 당신이 사랑하는 그 부인은 당신의 사랑을 받을 만한 분이에요. ……다시 한 번, 안녕. 당신은 매력적인 분……. 나와 백작부인 사이를 망가뜨리지 마세요."

"나와 백작부인 사이를 망가뜨리지 마세요." 바로 이것이 T 부인이 기사에게 한 마지막 말이다.

바로 다음에 이어지는 이 소설의 마지막 몇 마디. "나는 나를 기다리는 마차에 올랐다. 나는 이 모든 사랑 모험의 교훈을 열심히 찾아보았다, 그러나…… 나는 그것을 전혀 찾아내지 못했다."

하지만 그 교훈은 여기 있다. 바로 T 부인이 그 교훈의 화신이다. 그녀는 남편에게 거짓말했고, 정부인 후작에게 거짓말했고, 그 젊은 기사에게 거짓말했다. 그녀야말로 에피쿠로스의 참 제자다. 쾌락의 사랑스러운 친구. 다정한 거짓말쟁이 여성 호위병. 행복을 지키는 여인.

45

소설은 기사의 일인칭 시점으로 얘기된다. 그는 T 부인의 진짜 생각을 전혀 모를 뿐 아니라 자신의 감정과 생각 들을 말할 때도 인색한 편이다. 이 두 인물의 내면 세계는 완전히 혹은 반쯤 베일에 가려 있는 것이다.

이른 아침, 후작이 정부의 차가운 몸을 들먹였을 때, 기사는 그 정부가 그 말과는 정반대임을 방금 입증해 주었기에 속으로 웃을 수 있었다. 하지만 이 확신 외에는 다른 어떤 확신도 없다. T 부인이 자기와 겪은 일은 상습적인 일일까 아니면 아주 드문, 또는 완전히 유일한 사랑 모험일까? 그녀의 마음은 이번 일에 감동했을까, 아니면 아무렇지도 않을까? 이 사랑의 밤이 그녀로 하여금 백작 부인을 질투하게 했을까? 그녀가 기사에게 권고한 그 마지막 말들은 진지한 것이었을까, 아니면 단지 안전을 생각해서 한 말들일까? 기사의 부재에 그녀는 애수에 젖을 것인가, 아니면 그저 덤덤할 것인가?

그리고 그는 또 어떨까? 이른 아침 후작이 그와 교대했을 때 그는 상황의 주재자로 탈 없이 머무르면서 재치 있게 그의 말에 응수했다. 한데 진심으로 그는 어떤 느낌이었는가? 그리고 성을 떠날 때는 또 어떤 느낌일까? 그는 무슨 생각을 할까? 자기가 겪은 쾌락을 생각할까 아니면 우스꽝스러운 풋내기라는 그 평판을 생각할까? 그는 자신을 승자로 느낄까 패자로 느낄까? 행복하다고 느낄까 불행하다고 느낄까?

달리 말해서 우리는 쾌락 안에서 쾌락을 위해 살 수 있으며 행복할 수 있을까? 쾌락주의의 이상은 실현 가능한가? 그 희망은 존재하는가? 적어도 그 희망의 여린 빛이나마 존재하는가?

46

그는 몹시 피곤했다. 그는 침대 위에 길게 드러누워 잠들고 싶지만 제시간에 깨어나지 못할 위험을 범할 수가 없다. 그는 한 시간 내로 떠나야 하며 더 늦어서는 안 된다. 안장에 앉아 머리를 오토바이용 헬멧에 끼워 넣으며 그 무게가 졸음을 막아 줄 거라고 생각해 본다. 하지만 머리에 헬멧을 쓰고 앉으면 잠들지 않을 수 있다는 건 전혀 분별없는 생각이다. 그는 출발하기로 결심하고서 몸을 일으킨다.

출발의 촉박함이 그에게 퐁트벵의 이미지를 상기시킨다. 아 퐁트벵! 그가 질문을 해 올 것이다. 그에게 뭐라 이야기해야 하는가? 일어난 일을 그대로 얘기한다면 그는 물론, 다른 모든 동료도 이를 재미있어 할 것이다. 화자가 자신의 이야기에서 우스운 역을 맡을 때는 늘 재미있는 까닭이다. 더욱이 퐁트벵이야말로 누구보다도 그런 역을 잘한다. 예를 들면 그가 다른 여자로 혼동하고서 머리채를 싸잡아 끌고 갔던 그 여타이피스트와 자신의 경험을 얘기할 때가 그렇다. 하지만 주의하라! 퐁트벵은 꾀가 많다는 것을! 모든 사람이 그 우스운 이야기에는 훨씬 더 기분 좋은 진실 하나가 숨어 있다고 생각한다. 청중들은 거칠게 대해 주길 청하는 여자 친구가 있는 그를 부러워하며, 시기하는 마음으로, 그가 어느 예쁜 여타이피스트와 나눌, 신만이 알 짓거리를 상상한다. 그런 반면 만약 뱅상이 수영장 가에서 한 그 섹스 시늉 이야기를 한다면, 모든 사람이 그의 이야기를 믿을 것이요 그를, 그리고 그의 실패를 웃어 댈 것이다.

그는 방 안을 맴돌며 이야기를 좀 수정하고자, 그 모양새를 고치고 뭔가를 좀 덧붙이고자 한다. 첫 번째로 해야 할 일은 그 섹스 시늉을 진짜 섹스로 바꾸는 것이다. 그는 사람들이 수영장 쪽으로 내려오다가 그들 사랑의 포옹에 놀라고 매료되는 모습을 상상한다. 그들은 서둘러 옷을 벗고, 어떤 이들은 그들을 바라보고, 또 어떤 이들은 그들을 흉내 내는데 이리하여 뱅상과 쥘리는 자기들 주위에서 한창 펼쳐지는 기막힌 집단 섹스를 보게 되며, 연출상의 세련된 감각에 따라 자리에서 일어나, 희롱 중인 커플들을 잠시 더 바라보다가 곧, 마치 세상을 창조한 뒤 멀어져 가는 조화의 신들인 양 떠나간다. 만났을 때처럼 그렇게 그들은 떠나간다, 각자 다른 방향으로, 영원히 서로 다시 보는 일이 없도록.

이 끔찍한 마지막 말 "영원히 서로 다시 보는 일이 없도록"이 그의 머리에 스치는 즉시 그의 성기가 깨어난다. 뱅상은 머리를 벽에 들이받고만 싶다.

이 점이 묘하다. 그가 광연 장면을 꾸며 내는 동안 그의 음험한 흥분은 멀어져 갔다. 반면 부재하는 진짜 쥘리를 회상할 때 그는 다시 미치도록 흥분하는 것이다. 그래서 그는 자신이 꾸며 낸 광연 이야기에 매달린다. 그것을 상상하고 자신에게 이야기하고 또 이야기한다. 그들은 섹스를 하고, 커플들이 도착하고, 그들을 바라보고, 옷을 벗으며, 수영장 주위에는 곧 무수한 섹스의 물결만이 있을 뿐이다. 마침내 이 짧은 포르노 영화를 수차례 반복한 끝에야 그는 마음이 한결 나아짐을 느끼며, 그의 성기도 다시 분별을 차려 거의 잠잠해진다.

그는 그 가스코뉴 카페를, 그의 얘기를 듣고 있는 친구들을 상상한다. 퐁트뱅, 매력적인 백치 미소를 과시하는 마추, 유식한 지적들을 고르고 있는 구자르, 그리고 다른 사람들. 결론을 대신하여 그는 그들에게 말할 것이다. "친구들이여, 나는 여러분을 위해 했습니다. 여러분의 모든 자지가 그 멋진 섹스 파티에 있었습니다. 나는 여러분의 수임자였고 나는 여러분의 대사, 여러분의 섹스 사절, 여러분의 용병 자지였습니다. 나는 복수형 자지였어요!"

그는 방 안을 성큼성큼 걸으며 마지막 문장을 몇 번이나 큰 소리로 반복했다. 복수형 자지, 참으로 기막힌 발견 아닌가! 그러고 나서 (그 언짢은 흥분은 이미 완전히 사라져 버렸다.) 그는 가방을 들고 밖으로 나선다.

47

베라는 프런트로 체크아웃하러 갔고 나는 작은 가방을 들고 안뜰에 세워 둔 자동차 쪽으로 내려간다. 그 저속한 9번 교향곡이 아내의 잠을 방해하여 내가 그토록 기분 좋게 느낀 이 장소를 서둘러 떠나게 된 점을 유감스러워 하면서 나는 주위로 애수의 시선을 던진다. 성의 현관 앞 층계. 바로 저기가 초저녁에 그 사륜마차가 멈춰 섰을 때 젊은 기사를 동반한 아내를 맞으러 예의 바르고 쌀쌀맞은 남편이 나타났던 곳이다. 바로 저기가 그 열 시간쯤 뒤, 그를 동반하는 사람 없이 이젠 홀로 그 기사가 떠나는 곳이다.

T 부인 거처의 문이 뒤에서 도로 닫힌 뒤 그는 후작의 웃음소리를 들었고, 뒤이어 또 다른 한 웃음소리, 여성의 웃음소리가 그에 합세했다. 잠깐 동안 그는 걸음을 늦추었다. 그들은 왜 웃는 것일까? 자기를 조롱하는 것일까? 이어 그는 더 이상

아무것도 듣고 싶지 않기에 지체 없이 출구 쪽을 향한다. 하지만 자신의 영혼 안에서 그는 여전히 그 웃음소리를 듣는다. 그는 그 소리를 떨쳐 버릴 수가 없으며, 사실, 영원히 그 소리를 떨쳐 버리지 못할 것이다. 그는 후작이 한 말을 회상해 본다. "그렇다면 자넨 자네 역할의 그 희극성을 못 느낀단 말인가?" 이른 아침 후작이 그에게 이 악의적인 질문을 던졌을 때 그는 태연하기만 했다. 그는 후작이 오쟁이 진 놈임을 알며 T 부인이 지금 후작과 결별하는 중이어서 그녀를 분명 다시 보게 되거나 아니면 그녀가 복수를 하고 싶었던 거였고 그래서 아마 그녀를 다시 보리라고(오늘 복수하는 사람은 내일도 복수할 테니까) 기쁘게 속으로 중얼거렸다. 이 생각, 그가 이 생각을 할 수 있었던 게 불과 한 시간 전이다. 한데 T 부인의 마지막 말들을 들은 뒤엔 모든 게 분명해졌다. 이 밤이 속편 없이 남으리라는 것. 내일은 없다는 것.

그는 아침 녘의 싸늘한 고독 속에서 성을 나선다. 그는 그 웃음소리뿐, 자신이 방금 겪은 그 밤으로부터 자기에게 남은 것이 아무것도 없다고 중얼거린다. 이 일화는 회자될 것이고, 그는 우스운 인물이 될 것이다. 어떤 여자도 우스운 사내를 탐하지 않는다는 건 세상이 다 아는 일이다. 그의 허락도 없이, 그들은 그의 머리 위에 어릿광대 모자를 씌웠던 것이며 그는 자신이 그것을 탈 없이 쓰고 다닐 수 있을 만큼 튼튼하다고 느끼지 않는다. 그는 자기 영혼 안에서 자신의 이야기를 전하도록, 그 이야기가 벌어진 그대로 전하도록, 큰 목소리로 세상 모든 이에게 전하도록 청하는 반항의 목소리를 듣는다.

하지만 그는 자기가 그럴 수 없다는 것을 안다. 쌍놈이 되는 것, 그것은 우스꽝스럽게 되는 것보다 더 나쁘다. 그는 T 부인을 배반할 수 없으며 그녀를 배반하지 않을 것이다.

48

뱅상이 안뜰로 나서는 것은, 프런트로 이르는 보다 은밀한 또 다른 문을 통해서다. 그는 여전히 수영장 가의 그 난교 파티 이야기를 암송하려 애쓰는데 (지금은 이미 그 흥분으로부터 매우 멀리 있는데도) 쥘리에 대한 그 참을 수 없도록 애절한 추억을 그것으로 뒤덮어 버리기 위함이다. 그는 오직 이 꾸며 낸 이야기만이 그로 하여금 실제로 일어난 일을 잊게 할 수 있음을 안다. 그는 지체 없이 큰 목소리로 이 새로운 이야기를 전하고 싶고, 이를 장엄한 트럼펫 팡파르로 탈바꿈시켜, 쥘리를 잃게 한 그 가련한 섹스 시늉을 무효화해 버리고 싶다.

"나는 복수형 자지였어요." 그는 다시 반복하며, 그리고 그 대답으로 퐁트벵이 내는 공모의 웃음소리를 듣고, 이렇게 말하는 마추의 그 매력적인 미소를 본다. "너는 복수형 자지이고 앞으로 사람들은 너를 다름 아닌 복수형 자지로만 부를 거야."

이 생각에 그는 기뻐 미소 짓는다.

안뜰 건너편에 세워 둔 오토바이 쪽으로 가면서 그는 한 사내를, 자기보다 약간 젊어 뵈는, 먼 과거 시대 의복을 입은, 자기 쪽으로 오고 있는 한 사내를 본다. 어이가 없어 뱅상은 그에게 시선을 고정한다. 아, 이 미친 밤 이후 대체 얼마나 혼이 나야 하는 것일까. 그는 사내의 출현을 이성적으로는 설명할 길이 없다. 그는 사극 복장을 한 배우일까? 어쩌면 그 상냥한 텔레비전 여성과 관계 있는? 어쩌면 그들은 어제 성에서 어떤 광고를 찍었던 게 아닐까? 하지만 서로 눈동자가 마주쳤을 때 그는 그 젊은이의 시선에서 너무나 진지하여 어떤 배우도 절대 흉내 내지 못할 놀라움을 본다.

49

젊은 기사는 낯선 사내를 바라본다. 특히 저 머리 덮개가 그의 주의를 끈다. 이삼 세기 전에 바로 저렇게 투구를 쓰고 기사들이 전쟁터로 갔다고들 한다. 한데 그 투구 못지않게 놀라운 건 사내의 촌스러움이다. 길고 헐렁한, 전혀 맵시 없는 바지. 몹시 가난한 촌부들이나 저런 바지를 걸칠 수 있으리라. 아니면 아마도 승려들이나.

그는 자신이 지쳤고, 기력이 다했고, 금방이라도 실신할 것처럼 느낀다. 어쩌면 자고 있는지도, 어쩌면 꿈꾸고 있는지도, 어쩌면 착란을 일으키고 있는지도 모른다. 이윽고 그 사내가 그의 바로 곁에서, 입을 열어 놀라움을 더욱 굳히는 말 한 마디를 발설한다. "너는 18세기 사람이냐?"

이 질문은 기묘하고 터무니없으며, 사내가 이를 발음한 방식은 더욱 그러한데, 프랑스를 모르는 채 필시 조정에서 불어를 배웠을 외국의 어느 왕국에서 온 사절인 듯, 그 억양이 생소하기만 한 것이다. 바로 그 억양, 그 사실 같지 않은 발성법이 기사로 하여금 이 사내가 진짜 다른 시대에서 왔을 수도 있다고 생각하게 한다.

"그렇다, 한데 너는?" 기사가 그에게 묻는다.

"나? 20세기." 그러고는 덧붙인다. "20세기 말." 그러고는 다시 그가 말한다. "난 지금 기막힌 하룻밤을 보낸 참이야."

이 말에 기사는 놀란다. "나도 그래."

그는 T 부인을 상상하며 문득 어떤 감사의 물결이 밀려옴을 느낀다. 맙소사, 어찌 그 후작의 웃음 따윌 그렇게 근심할 수가 있었단 말인가? 무엇보다 중요한 건 자신이 방금 맛본 그 밤의 아름다움이 어찌 아니겠으며, 그 아름다움이 아직도 그를 완전히 도취시키기에 이렇게 그가 허깨비들을 보고, 꿈과 현실을 혼동하고, 시대의 바깥으로 내던져져 있지 않은가.

헬멧을 쓴 사내가 그 괴상한 억양으로 되풀이한다. "난 지금 정말 기막힌 하룻밤을 보낸 참이야."

그래, 자넬 이해한다네, 친구여. 나 아닌 다른 누가 또 자넬 이해할 수 있겠는가?라고 말하려는 듯 기사가 고개를 끄덕인다. 그러고 나서 그는 다음처럼 생각한다. 비밀을 지키기로 약속했기에 그는 자기가 겪은 일을 어느 누구에게도 절대 말할 수 없을 것이다. 하지만 이백 년이 지난 뒤의 누설도 역시 누설인 것일까? 그로서는 마치 탕아들의 신이 그가 말을 할 수 있도록 이 사내를 자기에게 보낸 것만 같다. 그가 그 비밀 엄수의 약속을 지킴과 동시에 비밀을 지키지 않을 수 있도록, 그가 생의 한 순간을 미래 속 어딘가에 내려놓을 수 있도록, 그것을 영원 속에 투영하고, 영광으로 탈바꿈시킬 수 있도록 말이다.

"너는 정말 20세기 사람이냐?"

"그렇다니까, 이 친구야. 이 세기에는 희한한 일들이 벌어지지. 성 풍속의 자유. 거듭 말하지만 난 지금 기막힌 하룻밤을 보낸 참이야."

"나도 그래." 기사는 다시 한 번 그렇게 말하고서 그에게 자기 이야기를 들려줄 채비를 한다.

"기묘한, 매우 기묘한, 믿을 수 없는 하룻밤." 헬멧 쓴 사내가 거듭 되풀이하며 무겁게 고집하는 시선을 기사에게 고정한다.

기사는 그 시선에서 얘기를 하려는 완고한 욕구를 본다. 그 완고함 속의 뭔가가 그의 마음에 거슬린다. 말하고 싶어 안달하는 그 조바심이 곧 듣는 일에 대한 가차 없는 무관심임을 그는 깨닫는다. 상대의 그 욕구와 맞닥뜨리는 즉시, 기사는 말하고 싶은 마음이 씻은 듯이 사라져 버렸고, 대번에 그는 이 만남을 연장해야 할 어떤 이유도 찾지 못한다.

그는 새삼 피로의 물결을 느낀다. 그는 손으로 얼굴을 쓰다듬다가 T 부인이 그의 손가락들 위에 남긴 사랑의 내음을 맡는다. 이 내음은 그에게 향수를 불러일으키고 그는 천천히, 꿈꾸듯이, 자신을 파리로 실어 나를 저 마차 안에 홀로 있고 싶다.

50

옛 복장을 한 사내는 매우 젊어 보였고 그래서 윗사람의 고백에 마땅히 관심을 기울일 수밖에 없으리라고 생각했다. 뱅상이 그에게 두 번이나 "난 기막힌 하룻밤을 보냈다."라고 말했을 때, 그리고 상대가 "나도 그래."라고 대답했을 때, 그는 상대의 얼굴에서 어떤 호기심을 엿보았다고 생각했는데 곧이어 돌연히, 설명할 길 없이, 그것은 꺼져 버렸고 뻔뻔스럽기까지 한 무관심에 덮여 버렸다. 속내 이야기를 하기에 좋은 그 우애의 분위기가 겨우 일 분쯤 지속되다가 일시에 증발해 버린 것이다.

뱅상은 그 젊은이의 의복을 신경질적으로 바라본다. 대관절 이 꼭두각시는 어떤 자일까? 은 브로치로 장식된 구두, 정강이와 엉덩이에 착 달라붙는 긴바지, 그리고 저 형언할 수 없는 가슴 장식들, 벨벳, 앞가슴을 가득 뒤덮으며 장식하는 레이스. 그는 기사의 목둘레 리본을 두 손가락으로 집어 뭔가 익살맞은 찬사를 표현하고 싶은 듯 미소를 머금고 그것을 바라본다.

이 몸짓의 친근함이 옛 의복의 사내를 분노케 한다. 그의 얼굴이 일그러지고 증오에 가득하다. 이 무례한 자의 따귀를 갈겨 주고 싶다는 듯 그가 오른손을 내흔든다. 뱅상이 리본을 놓고 한 걸음 물러선다. 그러는 그에게 경멸의 시선을 날린 뒤 사내는 몸을 돌려 마차 쪽으로 향해 간다.

사내가 내뱉은 그 경멸은 다시금 뱅상을 저 뒤 멀리 예의 그 곤혹스러움 속에 잠기게 했다. 갑자기 그는 자신의 허약함을 느낀다. 그는 자신이 어느 누구에게도 그 난교 파티 이야기를 하지 못하리란 걸 깨닫는다. 거짓말할 기력이 없을 것이다. 거짓말하기엔 그가 너무 슬프다. 그에게 남은 건 오직 한 가지 욕구뿐. 어서 빨리 이 밤을, 이 잡친 하룻밤을 잊어버리는 것, 이를 지워 버리고 말소하고 무화해 버리는 것. 그래서 그는 지금 이 순간 속도에 대한 채울 수 없는 갈증을 느낀다.

단호한 걸음으로 그는 자신의 오토바이 쪽으로 서둘러 간다. 그는 자신의 오토바이에 강렬한 욕구를 느낀다. 그는 자신의 오토바이에 대한 사랑에 충만했으며, 오토바이 위에서 모든 것을 잊을 것이다. 그 자신마저도 잊어버릴 것이다.

51

지금 막 베라가 자동차에 올라 내 곁에 앉았다.

"저기 봐, 저기." 내가 말한다.

"어디?"

"저기! 뱅상이야! 그를 못 알아보겠어?"

"뱅상이라고? 오토바이에 올라타는 사람?"

"그래. 난 그가 너무 빨리 몰까 봐 두려워. 정말 그가 염려되는군."

"빨리 모는 걸 좋아하나 봐? 그도?"

"늘 그런 건 아냐. 하지만 오늘, 그는 미친놈처럼 몰아 댈 거야."

"이 성은 귀신 들렸어. 모든 사람에게 불행을 가져다줄 거야. 제발, 어서 시동 걸어요!"

"잠깐만 기다려."

나는 마차 쪽으로 천천히 가는 나의 기사를 좀 더 바라보고 싶다. 그의 걸음걸이의 리듬을 음미해 보고 싶다. 그가 앞으로 나아갈수록 그의 걸음걸이들은 느려진다. 저 느림 안에 행복의 어떤 징표가 있는 것 같다.

마부가 그에게 인사를 한다. 그는 걸음을 멈춘다. 그는 손가락들을 코로 가져간다. 이어 그는 마차에 오른다. 자리에 앉아 한쪽 구석에 몸을 웅크리고는 두 정강이를 편안히 늘어뜨린다. 마차가 흔들거린다. 곧 그는 졸음에 빠질 것이고, 그러다 다시 깨어날 것이며, 그사이 내내 그는 어쩔 수 없이 빛 속에 녹아들고 있는 이 밤의 가장 가까이에 머무르고자 노력할 것이다.

내일은 없다.

청중도 없다.

제발, 친구여, 행복하게나. 막연한 느낌이지만 난 행복할 수 있는 자네 능력에 우리 유일한 희망이 달렸다고 느끼네.

마차는 안개 속으로 사라져 갔고 나는 시동을 건다.

옮긴이 김병욱   불문학자. 번역가. 프랑스 사부아 대학교에서 문학박사 학위를 받았고
성균관대학교 학술연구교수로 일했다. 밀란 쿤데라의 소설『불멸』,
에세이『배신당한 유언들』, 그 밖에 가스통 바슐라르, 피에르 바야르,
앙투안 콩파뇽 등 여러 프랑스 저자들의 책을 우리말로 옮겼다.
현재 성균관대 초빙교수로 재직 중이다.

밀란 쿤데라 전집   Milan Kundera   08

느림

1판 1쇄 펴냄 1995년 4월 25일
2판 1쇄 펴냄 2012년 1월 25일
3판 1쇄 찍음 2026년 2월 20일
3판 1쇄 펴냄 2026년 3월 10일

지은이 밀란 쿤데라
옮긴이 김병욱
발행인 박근섭 · 박상준
펴낸곳 (주)민음사

출판등록 1966. 5. 19. 제16-490호
주소   (135-887) 서울시 강남구 신사동 506번지
          강남출판문화센터 5층
대표전화 02-515-2000 | 팩시밀리 02-515-2007
홈페이지 www.minumsa.com

한국어 판 ⓒ (주)민음사, 1995, 2012, 2026. Printed in Seoul, Korea

ISBN 978-89-374-0468-9 (04860)
      978-89-374-0460-3 (세트)

잘못 만들어진 책은 구입처에서 교환해 드립니다.